*Unrelated
to
Time*

Hsun
Chiang

无关岁月

蒋勋

著

江苏凤凰文艺出版社

自序

我的散文观

散文似乎是最自在的一种文体。

桌上铺着稿纸,或者携带一本札记簿,在旅途中,可以没有什么特别目的或动机,开始观看周遭的一些事物:一个在候车站睡着的老人,酣睡着,好像梦想着他的童年;一个急切赶路的妇人,焦虑地东张西望;或者是一簇开出人家墙外盛艳的春天的花……我随手写着,没有特别想它们是散文或不是散文,它们是我生活中一些挥之不去的印象,它们从显影的液体中浮浮荡荡,晃漾而出,形成很清晰的画面,停留在我面前……

好像在漫漫的长途中,有一些上车下车的旅客,我记忆着他们的容貌,他们欢喜或忧愁的表情,他们焕发或沮丧的姿态。他们和我一样,流浪于生死途中,我们匆匆擦肩而过,我信手速写,仿佛只是一种纪念。

我不特别思虑文体的问题,多一些对话,发展成像小说戏剧的情节,多一点修辞和心事的格律,也可能有点倾向诗的节奏,散文在这些不同的文体间悠游自在,散文也许更贴近人的肺腑之言吧。

还是喜欢带着一本笔记去流浪,在路上和人歌哭笑泪,相遇或离别,许多珍惜不舍也都一一在笔记中……

蒋勋·无关岁月

辑一

萍水相逢

萍水相逢
003

别时容易
006

淡水河随想
010

自私的放肆的爱
014

石头记
019

辑二

大度·山

无关岁月
025

春莺啭
030

空城计
033

寒食帖
037

辞岁之钟
041

山盟
045

辑三

欢喜赞叹

"人"的电影主题
065

辑四

今宵酒醒何处

屋漏痕
075

大学
080

芭乐树始末
086

辑五

夕阳无语

寒窑上的铁铲
093

夕阳无语
099

辑六

人与地

静浦妇人
113

兰亭与洗衣妇人
117

花的岛屿
120

阿西西的芳济各（二）
130

佛在恒河
123

天籁唱赞
133

阿西西的芳济各（一）
127

分享神的福分
138

辑七

岛屿独白

独白
147

台风
151

秋水
155

宿命
166

岛屿南端
159

莲花
169

领域
162

辑八

不可言说的心事

父亲
175

出走
177

不可言说的心事
184

少年水里
205

羊毛
193

少年白河
210

少年集集
201

少年八里
214

辑九

情不自禁

大仙院

全日空

辑十

写给 Ly's M 1999

帝国属于历史,夕阳属于神话

肉身觉醒

辑十一

射日

射日
269

大河种种
284

挽歌中复活的婴啼
297

辑一

萍水相逢

有时候回想起来,仿佛一次漫长的旅程,

就只是这不断的、偶然的聚散,

○

有时候会那么不经意地浮现一二个人的笑貌,

也只因为他曾经是那逐渐淡忘的年月里一个同行过的伙伴。

萍水相逢

我两岁随父母来台，二十五岁去法国，这之间，一直在台湾，没有太大的变迁。中学毕业的时候，由于已经读了一点古代文人感时伤逝的诗词，所以就很喜欢感慨，送相片、纪念题词，在校刊上写骊歌，仿佛生离死别一样。可是结果大家都还在台北，三天两头碰面，久了，也觉得那伤感的无稽。

第一次离家去法国，是应该很有感触了，却偏偏麻木得很。一下飞机，就忙着办居留、注册、找房子、打工……喘不过气地给生活驱赶着，实在没有闲空感慨。

等到生活大致安排定了，我空下来，常在四处旅行。那时钱不多，我便学欧洲年轻人搭便车（Auto-Stop）。背着一口提袋，带着简单衣物，站在马路边，跷起大拇指，等候顺路的人停车载我。就这样，一段一段跑遍了欧洲，认识了不少人。除了载我的车主之外，沿路其他搭便车的青年，目的地相同，也往往成为一段路途的伙伴。在每一城镇，有廉价的青年之家（AU berge de la jeunesse），更是从东到西，从南到北，各处年轻人聚集碰面的场所。大家互相交换旅游的经验、食宿的解决、名胜游览的方法、如何省钱等等，匆匆忙忙，相处一天两天，又各自奔赴自己的下一站去了。

有时候回想起来，仿佛一次漫长的旅程，就只是这不断的、偶然的聚散。有时候会那么不经意地浮现一二个人的笑貌，也只因为他们曾经是那逐渐淡忘的年月里一个同行过的伙伴。

在欧洲的四年余，一直是这样聚散匆匆。回到台湾，以为很可以松懈下远行的疲倦，却不料才真正开始尝到了人事的无常。

我回来的第二年，一连失去了三个钦敬的朋友。第一个是史惟亮，他得了肺癌，我去医院看他两次，不觉得有病容，却忽然告逝。然后是俞大纲，爽朗幽默的老先生，一下子无疾而终，接到电话，我直觉得是一个玩笑。到了九月，三十岁不到的李双泽，又胖又壮的大汉，狂歌时惊动四座的，却在他游了一辈子泳的海边溺毙。再过一年，家里一位远房的老奶奶、一个堂伯都相继故去……

不仅是生离，而且是死别，这人世的迁变幻灭使我一怔，竟无言以对。

王勃在《滕王阁序》中有两句话：

关山难越，谁悲失路之人。
萍水相逢，尽是他乡之客。

面对生命的迁变幻灭，我忽然珍惜起身边的人，父母、兄弟、朋友，在短短的旅途中曾经结伴而行的，甚至那同船而渡、在路上匆忙擦肩而去的。既然对这一个终于不过是幻灭的世界而言，都无非是"他乡之客"，那么，萍水相逢，且容我道一声：珍重！珍重！

别时容易

张大千有几方印记是我喜欢的，如"三千大千""大千好梦"等；而我最喜欢的一方是"别时容易"。

大风堂收藏的书画是有名的，尤其是石涛八大的作品。然而这些作品也曾经在大千先生手上流散出去。凡从大风堂流散出去的作品便大都钤有"别时容易"这一方印。

对于一个精于鉴赏的人来说，曾经自己收藏的珍爱之物，一旦不得已要拱手让人，的确有难以言喻的感慨。这一方小小的"别时容易"，虽然钤在不起眼的角落，却使我感觉着一种爱物如人的伤逝之情了。

我自己是不收藏东西的，艺术上的珍贵之物，经历了久远的年代，也仿佛是久经劫难的生命，使人要起痛惜之心。不知道是不是因为惧怕这心的痛惜，我对一切人世可眷恋美好之物，反倒宁愿只是欢喜赞叹，而无缘爱，也无缘占有吧。

纳兰容若有一句词说"人到情多情转薄"，我想是可以理解的。

小时候我其实很有收藏东西的癖好。一些本来微不足道的小物件，如玻璃弹球，朋友的信、照片、卡片等，因为保存了几年，重新翻看把玩，就似乎有了特别的意义，使人眷恋珍惜。而每次到抽屉堆满，不得不清除时，便有了难以割舍的痛惜。

我们能有多大的抽屉，去收藏保有生活中每一件琐屑之物中不舍的人情之爱呢？

几次的搬移迁动，在地球的各个角落暂时栖身，我终于习惯了"别时容易"的心情。

"别时容易"也许是从李后主"无限江山，别时容易见时难"脱胎出来的吧。但是，去掉了头尾，截出这四个字来，镌成图章，便仿佛多了一层讽喻。把这样的一方印记，一一盖在将要告别的心爱之物上面，那些在人世间流转于不同眷恋者爱抚之手的书画，也似乎是一个沧桑的生命了，使人痛惜，使人不舍啊!

小时候有收藏东西的癖好,其实也是因为东西实在不多。在物质匮乏简陋的年代,往往一件东西可以用好多年,那从俭省而生的珍惜,最后也就成了一种对物件的不舍之情吧!

随着物质的繁盛多余,有时候不经意地舍弃一件东西之后,才发现,原来物质的富裕已经变成了对物的薄情了。

在许多以富裕繁华著名的大城市中,每天夜晚可以看到堆积如山的垃圾,各种尚称完好的家具、电视机、冰箱、质料细致的服装等,都被弃置路旁。我行走于那些街道之间,留恋于那月光下凄然被弃置的物件,感觉着一种大城的荒凉。是因为富裕,使我们对物薄情,是因为对物的不断厌弃、丢掷,变成了这城市中人与人的薄情吗?

工业革命以后的大城真是荒凉啊!仿佛在繁华最盛的时刻已经让人看到了以后的颓圮,仿佛所有的富裕却是为了把现世装点成一个废墟。

我的不再收藏东西,我的不再保有太多东西,我的不再执着于情爱的缠绵,也许正是害怕着那对物对人的薄情吧。

我愿意,每一次告别一事,每一次告别一物,仍然有那"别时容易"的痛惜。有许多遗憾和怅惘,也有许多歉意和祝福。

大千世界,所有我们相遇过的物与人,容我都一一钤盖这"别时容易"的印记吧!

淡水河随想

游完泳，Y 说，去白云山庄。我说，好。

白云山庄在半山腰，向西一大片回环的透明玻璃窗，可以俯看台北盆地。

这样的夏日，这样的山河，这样灿烂，而又一寸一寸正在死去的夕阳。

我们都因此沉默了很久。

较近的外双溪一带的山是深色的。墨里带些微靛绿。因为光在移转，山棱面上的色彩，其实不是色彩，而只是浓淡了。是中国山水画中的墨。墨变成了真正的色彩，而其他的黄、绿、蓝、紫，都一瞬即逝，不过是光给这山峦暂时的幻影罢了。

远处的山，层层叠叠。淡到不可模拟，淡到形体不再坚持是形体，而只是依靠、徜徉、错落，妩媚地倾侧和流转。

啊！这样的大地和山峦。我不知道几千几万年来，它这样等待着，等待着，究竟要跟我们说些什么。

好像是千泉万壑的泪水，从北势溪、新店溪那边蜿蜿蜒蜒流过来。那么曲折，那么委婉，那么多可说的、不可说的世代的呜咽，流成了这浩浩荡荡的淡水河。

而此刻，它就在我脚下。

我不能想象，如果没有淡水河，台北还可能是台北吗？

只有在这样的高度，才知道一条河流如何哺育了这个城市。用它的曲折，用它的委婉，用它不断延展的身体，给田亩，给沟渠，给船舶，给牲畜和花草，给一切卑微与不卑微的，给一切愿意活着而死去亦无遗憾的生命。

淡水河在社子、芦洲一带，要从关渡出海以前，忽然转了一个弯，形成了一个葫芦形的岛。它好像要努力转回去。是眷恋、不舍，是一条河流在出海前，对那千泉万壑的源头的回顾、告别、叮咛和踟躇。但是，终归是要走的。一出关渡，那河面广阔浩荡，真是《诗经》里的"死生契阔"啊！委婉、缠绵、叮咛的爱，一旦割舍了，也可以这样决绝，使我望之浩叹。

我有一个朋友，淡江毕业的，在淡水住了好几年。

后来他流浪到美国，在格林尼治村的路边唱歌，唱 Bob Dylan（鲍勃·迪伦）。然后他又去了西班牙，在巴塞罗那画地中海忧郁的风景。

他是我看过的台湾学生中，少数在年轻时没有老去的。他唱过歌，画过画，自由、任性而活。愿意到处去看看美丽的东西，以面包和清水度日。对善良朴实的人们，真心敬重。但是自己既是个歌者，也不愿在一地久留，一处一处流浪，也难免有寂寞颓唐的时候吧。

后来他想家了。他写信说：总有一天，要回到淡水，死在淡水。

他真的回来了，在淡江校园唱了近一年的歌。然后他死了，为了救一个美国青年，淹死在他爱的淡水。我忽然想起他的歌《送别》：

> 我送你出大屯，
> 看那大屯高又高；
> 我又送你到大河边，
> 看那大河长又长……

如果他不死在淡水,他是不能甘心的吧!

"死生契阔""执子之手",面对生命往前去的坦荡决绝,我还这样眷恋、牵挂,愿意和人世依靠、亲昵、回环啊!

如果,我们也有一个民歌手,像 Demis Roussos(迪米斯·卢索斯),用那样凄怆又狂野的希腊人的声音唱 *Planet Earth is Blue*(《地球是蓝色的》),我想,他一定要一唱再唱这婉约美丽的淡水河啊!

当船舶和游鱼都逐渐消失,当两岸可以种植的土地越来越少,并不好看的楼房拥挤杂乱,啊,淡水河,你仍然固执着用这样深情的姿态,悠悠流淌过台北,好像古老神话里弃杖而死的夸父——那狂渴力竭而死的大神,倒下时,却用他汩汩的泪水,在大地上流成了长河。

自私的放肆的爱
——给阿吉的信之一

阿吉：

我此时坐在一个饮食店给你写这封信。

我的窗户外面是一排摩托车，有一个中年的戴灰呢帽的男子在看守。有人来停车的时候，他就从一张旧藤椅上起来，在车把手上挂一个小木牌，并且拿另外一个同样的木牌给停放车子的人。

车子里有你骑的铃木 125 的那一种，也有韦士柏摩托车 90 和光阳 125。有的看起来十分肮脏邋遢，连油箱上也撞了几个凹痕，好像一个没有人好好照顾的孩子，一脸鼻涕，青肿红紫的伤痕；也有的车子看来干净漂亮，刻意打扮过，甚至连把手上也套着毛线织的套子，还缀着两个绒球，在风里轻轻飘荡着。

我不明白为什么会有这么多机车停在这里。似乎附近并没有戏院，也没有学校。后来我才想到，这里是一个商业区。我因此留意了一下，来停车和取车的人，都很匆忙，看起来的确像是年轻的业务员——穿着厚夹克、西装裤、皮鞋，手里提着公事包，匆匆忙忙地停车、取车。他们大多有一种紧张和专注的神情，是你们所没有的。

阿吉，你还记不记得？那天我问你：这种恶情绪的来源，会不会是因为大学的生活太懒散了。

你没有回答我。你惯常打发你不愿意或不知道怎么回答的问题，便一径沉默着，不吭一声。

我又看到你的长裤在膝盖部分一条手掌长的裂口。一个礼拜以前，我第一次看到时，曾经问你："怎么搞的？"你说："骑摩托车摔的。""没有人能替你缝一下吗？"我跟你开了一个玩笑，你就谈起你那个哲学系的女友来了。我喜欢看你谈她的样子。有一点顽皮，又似乎十分得意，很慎重地找一个字来形容，最后还是觉得不成。低着头，嘴角含着笑，有一种别人无论如何不能了解你的私自的秘密的那种快乐的表情，摇着一头松松散散盖在额上的头发，决定性地说："老师，你不会懂的，那种感觉……"

我哈哈大笑。一个老师被他年轻的学生说"你不会懂的"之后,还能够说什么呢?

但是,我真的快乐,因为我完全知道我的学生在一种年轻的、自私的、放肆的爱的愉悦中。而这样的自私和放肆,阿吉,你知道,我是多么愿意全心去纵容啊!

来这里停放机车的人,大多是三十岁左右。我想:他们大概结婚了,像许多现代的家庭,有一个或两个孩子。他们如果是一个普通贸易行的业务员,生活的担子也一定很重。要供给孩子最好的营养、教育和娱乐;分期付款买彩色电视、买洗衣机、买三十坪①左右一户的四楼公寓,或者付昂贵的房租。他们也很少有休假的机会,每天匆匆忙忙地来去。(那个油箱上撞了几个凹痕的主人来取车了,他是一个黝黑的瘦子,脾气不好的样子,用力踩着发动器,仿佛压着一个他不能驯服的什么东西……)啊,阿吉,我在想:这些人,他们是否还有你此刻这样年轻的、自私的、放肆的爱和快乐呢?

我又看了一次那戴灰呢帽看守的中年男子——不,他其实已经不止中年了,看来是一个退休的军人。他只是直直地坐着,把手上一堆木牌,从左手移到右手,从右手移到左手,一直到有人来停车,他才机械地从藤椅上起来,做他例行的工作。阿吉,你想:他的妻子会是什么样子的呢?你想:他

---

① 坪:面积单位,一坪相当于3.3057平方米。

会不会也有过你此刻这年轻的、秘密的、自私而放肆的爱的快乐呢？我愿意你这样自私地、放肆地去经验一次年轻的爱情。有一天，也许你会坐在这同一个窗口，看着同样一些停放机车的匆匆忙忙的三十岁的业务员，或看着同样一个不止中年了的戴灰呢帽的男子。那时候，我愿意你仍然记忆着你曾经有过的一次自私的、秘密的爱情，而同时，又经验着另一种全新的爱的快乐，一种从这自私的、放肆的爱中成长起来的广阔而安静的爱，可以在冬天静静的阳光里，俯看来往匆忙的人群，记住他们黝黑有点疲倦的面容，记住他们烦躁容易暴怒的表情，记住他们在生活的辛苦之中，仍然不懈地去担负起对妻子的爱、对子女的爱、对工作的责任……

阿吉，我在路上看着来往的人群的时候，常常会觉得自己是其中的某一人。我此刻坐在这窗口，也觉得自己可以是那黝黑瘦小的三十岁的业务员，想他的妻子是我的妻子，他的子女是我的子女，他的沉重的每月的房租是我的房租，他在繁重的业务中容易暴怒的情绪也是我的情绪；我也觉得我可以是那过了中年的老人，生活真是单调而寂寞，只有坐着，机械地把东西从左手交到右手，从右手交到左手……每当我觉得自己是人群中的某一人，我便觉得我懂得了他的快乐，也懂得了他的辛苦。阿吉，命运真是一个奇妙的东西，为什么"我"是"我"，而不是另外一个人？如果我是另外一个人会有什么不同？如果我是那黝黑的男子，我会更开心愉快一点吗？如果我是那戴灰呢帽的老看车人，我会比较不那么寂寞？我真不敢说啊！

阿吉，我不跟你说了，你这样年轻，原是受纵容和宠爱的年龄啊！这些三十岁的业务员和老看车人的故事，让你以后再去想吧！

你的"恶情绪"好一点没有？我下一封信要跟你谈一谈你的"恶情绪"。

石头记

我有一块石头,看起来斑驳瑰奇;不但满是苍辣虬老的皱皱,而且还有多处被蚀镂成空洞,姿态奇磔。

我常常拿在灯下,细看它的纹理。小小一块顽石,线条的流走牵连却如惊涛骇浪,仿佛依稀可以听见水声回旋,拍岸而起,浪花在空中迸散……是被风浪狂涛爱过,爱到遍体鳞伤的一块石头啊!

这块石头,是多年前去龙坑旅行带回来的。

龙坑在台湾最南端,比鹅銮鼻还南。如果在地图上找,应该是鹅銮鼻下方,突出于海洋中的一块地岬了。

从鹅銮鼻到龙坑没有车去,必须步行穿过一片砾石堆和剑麻林间踩出的小路。剑麻如剑戟一样的叶片森森直立着。这种野悍的风景,正是恒春半岛的特色。但是,到了龙坑,连恒春的沃腴也没有了。一片布置于大海狂浪中粗粝尖峭的岩石地块，因为土壤长年被海风吹蚀，只剩了岸石隙缝中存留着一点点土。一种叫作银芙蓉的植物，耐旱、耐风、耐海水的咸腥与狂暴，便在隙缝中生了根，虬结盘曲地生长蔓延开来了，那是在其他地方很少看到的植物，几乎没有什么叶子，看来似乎已成枯枝的遒劲根干，贴着地面，顽强固执地生长着。

古人欣赏奇磔遒劲的奇木奇石，大概是因为那奇磔遒劲中隐藏透露着生命奋斗的痕迹吧！当那挣扎求活的伤痛过去，那挣扎求活的姿态却成了使人歌赞的对象。后人把玩、浏览、细细抚爱，那使人歌赞的纹痕之美，何人还记得来自心痛如绞的伤痛呢？

龙坑的岸石也因为长年遭海浪冲蚀击打，形成了奇岩。大部分尖锐丑怪，挣扎求活中，好像还有生命最后的霸悍。有的褴褛斑驳，被蚀空成许多如蜂巢般的空洞，海浪在其中钻窜，发出咻咻如哨般的声响。

澎轰的大浪永不歇止。浪沫在晴空中飞扬散去。后退的浪潮，在岩石隙间迅急推涌、回旋。但是，它还要再来，它还要倾全力奔赴这千万年来便与它结了不解之缘的粗粝岩石啊！

Unrelated to Time

爱者和被爱者，都有一种庄严。海的咆哮、暴怒、不息止的纠缠之爱；岩石的沉默、固执、永不屈服、永不退让。那样缱绻缠绵，真是要惊天动地啊！它们依傍、亲昵、回环；它们用近于愤怒、毁灭的爱相拥抱。生命这样挥霍耗损，泪潺潺流尽，所剩的也便只是一块斑驳褴褛，却还犹自傲然兀立着的生命的骸骨吧！

我细细查看我的石头。不但有蚀成空洞、溃裂的痕迹，也竟然有水纹回旋的印记。这样柔软的水的抚爱回旋，竟也在坚硬如铁的岩石上留下了印记。那纹痕妩媚婉转，不使人觉得是伤痕，是千万年来这不可解的爱恨留下的伤痛的印记啊！

原来《红楼梦》要叫作《石头记》，一切人世的繁华幻灭，从头说起，不过是洪荒中一颗饱历沧桑的顽石吧。

满地都是石头，遭人践踏，踢玩。我的桌上供着从龙坑带回的一块。有时看一看，可以看到丑怪苦涩的苍皱中有仿佛泪痕的细致婉转。我也便可以笑一笑，对人世的繁华爱恨，都有了敬重。

Unrelated to Time

辑二

大 度 · 山

我有一梦，总觉得自己是一种树，
根在土里，种子却随风云走去了四方，

○

有一部分是眷恋大地的，在土里生了根；
有一部分，喜欢流浪，就随风走去天涯。

无关岁月

时间其实是一条永不停止的长河，无法从其中分割出一个截然的段落。我们把时间划分成日、月、年，是从自然借来某一种现象，以地球、月球、太阳或季节的循环来假设时间的段落。时间，也便俨然有了起点和终点，有了行进和栖止，有了盛旺和凋零，可以供人感怀伤逝了。

"抽刀断水水更流"，在岁月的关口，明知道这关口什么也守不住，却因为这虚设的关口，仿佛也可以驻足流连片刻，可以掩了门关，任他外面急景凋年，我自与岁月无关啊！

今日的过年是与我童年相差很大了。

在父母的观念中，过年是一件了不得的大事。一九五一年许，我们从大陆迁台，不仅保留了故乡过年的仪节规矩，也同时增加了不少本地新的习俗，我孩童时代的过年便显得异常热闹忙碌。

母亲对于北方过年的讲究十分坚持。一进腊月,各种腌腊风干的食物,便用炒过的花椒盐细细抹过,浸泡了酱油,用红绳穿挂了,一一吊晒在墙头竹竿上。

用土坛封存发酵的豆腐乳、泡菜、糯米酒酿,一缸一瓮静静置于屋檐角落。我时时要走近,把耳朵俯贴在坛面上,仿佛可以听到那平静厚实的稳重大缸下酝酿着的美丽动人的声音。

母亲也和邻居本地妇人们学做了发粿和闽式年糕。

碾磨糯米的石磨现在是不常见到了。那从石磨下汩汩流出的白色米浆,被盛放在洗净的面粉袋中,扎成饱满厚实胖鼓鼓的样子,每每逗引孩子们禁不住去戳弄它们。水分被挤压以后凝结的白色的米糕,放在大蒸笼里,底下加上彻夜不熄的炽旺的大火,那香甜的气味,混杂着炭火的烟气便日夜弥漫我们的巷弄。放假无事的孩童,在各处忙碌的大人脚边钻窜着,驱之不去。连那因为蒸年糕而时常引发的火警,消防车当当赶来的急迫和匆促,也变成心中不可解说的紧张与兴奋。

早年台湾普遍经济状况并不富裕的情况下,过年的确是一种兴奋的刺激,给贫困单调的生活平添了一个高潮。

在忙碌与兴奋中，也夹杂着许多不可解的禁忌。孩子们一再被提醒着不准说不吉祥的话。禁忌到了连同音字或一切可能的联想也被禁止着。单方面地禁止孩子，便不生什么实际的效果，母亲就干脆用红纸写了几张"童言无忌"，四处张贴在我们所到之处。

母亲也十分忌讳在腊月间打破器物，如果不慎失手打碎了盘碗，必要说一句："岁岁（碎碎）平安。"

这些小时候不十分懂，大了以后有一点厌烦的琐细的行为，现今回想起来是有不同滋味的。

远离故土的父母亲，在异地暂时安顿好简陋的居处，稍稍歇息了久经战乱的恐惧不安，稍稍减低了一点离散、饥饿、流亡的阴影。他们对于过年的慎重，他们许多看来迷信的禁忌，他们对食物刻意丰盛的储备，今天看来，似乎都隐含着不可言说的辛酸与悲哀。

我孩童时的过年，便对我有着这样深重的意义，而特别不能忘怀的自然是过年的高潮——除夕之夜了。除夕当天，母亲要蒸好几百个馒头。数量多到过年以后一两个月，我们便重复吃着一再蒸过的除夕的馒头。而据母亲说，我们离开故乡的时候，便是家乡的邻里们汇聚了上百个馒头与白煮鸡蛋，送我们一家上路的。

馒头蒸好，打开笼盖的一刻，母亲特别紧张。她的慎重的表情也往往使顽皮的我们安静下来，仿佛知道这一刻寄托着她的感谢、怀念，她对幸福圆满简单到不能再简单的祝愿。

我当时的工作便是拿一支筷子，蘸了调好的红颜色，在每一个又胖又圆冒着热气的馒头正中央点一个鲜丽的红点。

在母亲忙着准备年夜饭的时候，父亲便裁了红纸，研了墨，用十分工整的字体在上面写一行小字："历代本门祖宗神位。"

父亲把这字条高高贴在白墙上，下面用新买的脚踏缝衣机做桌案，铺了红布，置放了几盘果点，两台蜡烛，因为连香炉也没有，便用旧香烟罐装了米，上面覆了红纸，端端正正插了三炷香。香烟缭绕，我们都曾经依序跪在小竹凳上，向这简陋到不能再简陋的宗族的祖先神祠叩了头。

在人们的心中，如果还存在着对生命的慎重，对天地的感谢，对万物的敬爱与珍惜，便一定存在着这香烟缭绕的桌案吧。虽然简陋到不能再简陋，在我的记忆中，却如同华贵庄严的神麻俎豆，有我对生命的慎重，有我对此身所有一切的敬与爱，使我此后永远懂得珍惜，也懂得感谢。

我喜欢中国人的除夕。年事增长，再到除夕，仿佛又回到了那领压岁钱的欢欣。我至今仍喜欢"压岁钱"这三个字,那样粗鄙直接,却说尽了对岁月的惶恐、珍重,和一点点的撒赖与贿赂。而这些,封存在簇新的红纸袋中,递传到孩童子侄们的手上,那抽象无情的时间也仿佛有了可以寄托的身份,有许多期许,有许多愿望。

春莺啭

连日春雨过后,新栽的杏花,虽已过了开花季节,却疏疏落落,在梢头上绽放了几朵。

晴日以后,最喜悦的恐怕是鸟雀了,穿梭在我院中的枝叶间,啼啭不断。

我被这一霎时盛大的繁华弄得有点心慌,觉得要屏气凝神,细细听一听这春光、繁花、鸟的啼啭交织连梭成的声音。

日本人的雅乐中还留有"春莺啭一具"的曲子,由一种极亢烈的觱篥和笛音导引,在持续不断的高音的反复中,间歇着沉沉如死的羯鼓。

据说,这是唐代龟兹的舞乐,也有人以为是唐玄宗时白明达所作。

我初听之时，觉得凄肃过于繁华，也并不深信是唐的舞乐。后来读王士禛的《香祖笔记》，引有唐张祜的诗："内人已唱春莺啭，花下傞傞软舞来。"士禛以为，"内人"即宜春院的乐舞伎，而唐代同属"软舞"的乐曲有《垂手罗》《回波乐》《兰陵王》《春莺啭》《乌夜啼》等。

"内人已唱春莺啭"，使人觉得春的不可等待。而我，要到来了这中部僻静的山中一角，才发现春光浩大，真的是繁华中带着凄肃啊——

我重听《春莺啭》，龙笛和觱篥齐导，在极亢烈的高音上持续不断。觱篥近于唢呐，是古人说的"裂帛之音"，有人声在大悲欢时的凄惶；有时又像是洪荒中的婴啼，因为一切都是初始，所以喜悦与凄惶混成一片，不能细究。

我越听越觉得惊异，怎么可以这样反复又反复，这样周而复始，在一个单音上持续不断；好像天长路远，这梦魂与春华纠葛缠绵，永无休止啊！

中国古来把乐器归类为金、石、丝、竹、匏、土、革、木八种，大意也如同今人管乐、弦乐、打击乐的分法吧。然而，我更喜欢金、石、丝、竹、匏、土、革、木的说法，是更本质地爱上了物质的发音，是在虚夸的表现音之前，先被物质本原的发音感动的人。是风动了竹篁，丝被撩拨；是山中的铜矿回应着大地的震动;是瓜架上的空匏,死牛身上的皮革,都依旧对人世眷恋,要使人缠丝为弦,截竹为管;要使金成钟,以石为磬,蒙革为鼓,锯木为簴,而那卑微的土,被双手围埙,也要发着天地呜呜的心事,声声都是人的肺腑之言啊!

近来听得最多的是欧洲中古世纪宗教清唱的 *Gregorian Chant*(《格里高利圣咏》),和这支《春莺啭》。因为在形式上那样素朴简单,反倒是真正的富裕繁华了。《乐记》中说"大乐必易,大礼必简",老子说"大音希声",大概都因为听过这春光中鸟雀的啼啭吧。那天地初始混沌,有大悲痛,有大喜悦,因为心慌,所以要屏气凝神,繁华中而有庄肃。

我想这真的是大唐的声音了,是大繁华,却没有浮夸的得意;是"前不见古人,后不见来者"的凄怆与喜悦,知道这窗外春天的莺啭,句句不过是生命的肺腑之言。而窗内的人,被这莺啭唤醒,拉开帘栊,一霎时,被春光的浩大弄得张不开眼,仿佛还是昨夜刚刚听过的《春莺啭》,鸟声连成笙与觱篥,是长安城更鼓过后,从大地上初发的黎明,要更亮烈,更浩大,持续不断。

空城计

余叔岩是名须生，他唱《空城计》中的一段西皮正板流传很广，许多人都熟悉那苍凉中带着自负的声音：

我本是卧龙岗散淡的人……

在生死交关的这一刻，忽然回想起往事，好像有千种感伤，万种追悔，但是，事到临头了，诸葛亮也只是淡淡一笑。

最好的还是结尾两句：

闲无事，在敌楼，我亮一亮琴音。我面前缺少个知音的人。

啊，《三国》的故事说到这里，轻描淡写的两句，却真正说中了历史人物的心事。

诸葛亮，评阴阳如反掌，一手造就了三国的局面，这一刻，他究竟在想什么呢？

举目望去，天辽地阔。他想的是蜀汉的安危？是西城的百姓？是战争的胜负？还是他想到了历史？在城楼上看着四野荒苦的风景，连年来的征战，连年来的斗智斗勇，"东西战，南北剿，博古通今"，诸葛亮啊，诸葛亮，怎么忽然觉得自己这样寂寞，面前就缺少个知音的人呢？

这一刻，伴随着几个扫街的老兵丁，两个幼小的琴童，琴音幽静——

真是久违了啊，这琴声。

自从离了卧龙岗，搅入这人世的旋涡，久久没有这样安静过了。

而此刻，司马懿的大军要来，诸葛亮坐镇空城，是历史上千万人等待的时刻！

——诸葛亮、诸葛亮，一切的智慧、谋略，到了极致，其实只是一清如水的安静吧。

——我何曾是与司马懿决胜负呢？

Unrelated to Time

——我是在历史上设下了一注不能回头的赌局啊!

原来生命不过是一局赌,下了赌注,不能回头,无有反悔。

原来生命不过是看来满是计谋狡诈,其实句句实言的赌局。

——司马懿啊!司马懿。

这城原是空城。

诸葛亮束手就擒。三国就要结束。历史要改写。

天地的风云在变灭。

——司马懿,犹疑什么呢?诸葛亮何曾留恋这功名江山?毁灭和失败,我已久久盼望了啊。

——我可以在百万雄骁的大军前抚琴而笑。

琴啊琴,真是久违了。诸葛亮,不再是智谋韬略盖世、忠义贯天、扶保蜀汉的武乡侯;诸葛亮,仍是那卧龙岗上一散淡的人罢了,在田陌间走来走去,无有牵挂。

——只是,天辽地阔,怎么面前就缺少个知音的人呢?

司马懿，犹疑什么？猜忌什么？为什么退走了大军？

——怎么？诸葛亮的句句实话，反成了历史上最高的计谋了吗？

余叔岩的声音真是自负中带着苍凉的，我听了又听，觉得是历史的自负，与历史的苍凉。四处都在斗智斗勇，以小小的狡诈计谋沾沾自喜。不知道卧龙岗上还有没有一个散淡的人，句句实话，怀着历史的自负与苍凉，怀着一清如水的安静，抚琴而笑，在扰攘的人间，看世局风云变灭，再唱一唱这惊天动地的《空城计》。

寒食帖

假日无事，便取出苏轼的《寒食帖》来看。这是苏轼于神宗元丰五年（一〇八二年）贬到黄州所写的诗稿。字迹看来颠倒随意，大小不一，似乎粗拙而不经意；但是，精于书法的人都看得出，那倚侧顿挫中有妩媚婉转，收放自如，化规矩于无形，是传世苏书中最好的一件。

……空庖煮寒菜，破灶烧湿苇，那知是寒食，但见乌衔纸。君门深九重，坟墓在万里，也拟哭涂穷，死灰吹不起。

诗意苦涩，是遭大难后的心灰意冷。书法却稚拙天真，猛一看，仿佛有点像初学书的孩子所为，一洗甜熟灵巧的刻画之美，而以拙涩的面目出现。饱经生死忧患，四十六岁的苏轼，忽然从美的刻意坚持中了悟通达了。原来，艺术上的刻意经营造作，只是为了有一日，在生死的分际上可以一起勘破，了无牵挂；而艺术之美的极境，竟是纷华剥蚀净尽以后，那毫无伪饰的一个赤裸裸的自己。

苏轼一生多次遭谴谪流放，以后的流放，都比黄州更苦，远至瘴蛮的岭南、海南岛。黄州的贬斥，只是这一生流放的诗人之旅的起程而已，对苏轼而言，却有着不凡的意义。

黄州的被贬，肇因于忌恨小人的诬陷，发动文字狱，以苏轼诗文对朝政、皇帝多所嘲讽，要置他一个"谤讪君上"的死罪。苏轼自元丰二年（一〇七九年）七月在湖州被逮捕，押解入京，经过四个多月的囚禁勘问，诗文逐字逐句加以究诘，牵连附会，威吓诟辱交加，这名满天下的诗人，自称"魂惊汤火命如鸡"，以为所欠唯有一死。在狱中密托狱卒带绝命诗给兄弟苏辙，其中有"是处青山可埋骨，他时夜雨独伤神。与君世世为兄弟，更结来生未了因"这样惋恻动人的句子。

这应当死去而竟未死去的生命，在惊惧、贪恋、诟辱、威吓之后，豁然开朗。贬谪到黄州的苏轼，死而后生，他一生最好的诗文、书法皆完成于此时。初到黄州便写了那首有名的《卜算子》："……惊起却回头，有恨无人省。拣尽寒枝不肯栖，寂寞沙洲冷。"那甫定的惊魂，犹带着不可言说的伤痛，但是，"拣尽寒枝不肯栖"，这生命，在威吓侮辱之中，犹不可妥协，犹有所坚持，可以怀抱磊落，不肯与世俯仰，随波逐流啊！

黄州在大江岸边，苏轼有罪被责不能签署公事，他倒落得自在，日日除草种麦，畜养牛羊，把一片荒地开垦成为历史上著名的"东坡"。有名的《江城子》写于此时："……走遍人间，依旧却躬耕。昨夜东坡春雨足，乌鹊喜，报新晴。"是在狭小的争执上看到了生命无谓的浪费，而真正人类的文明，如大江东去，何尝止息？苏轼听江声不断，原来这里也曾有过战争，有过英雄与美人，有过智谋机巧，也有过情爱的缠绵。啊，真是江山如画啊。这饱历忧患的苏东坡，在诟辱之后，没有酸腐的自怨自艾，没有作态的自怜，没有了不平与牢骚，在历史的大江之边，他高声唱出了惊动千古的歌声："大江东去，浪淘尽，千古风流人物……"时在宋神宗元丰六年，公元一〇八三年，苏轼四十七岁。

苏轼的《赤壁赋》也写在这段时间。《前赤壁赋》原迹藏在台北故宫博物院，文末尚附有小注："轼去岁作此赋，未尝轻出以示人，见者盖一二人而已。钦之有使至，求近文，遂亲书以寄。多难畏事，钦之爱我，必深藏之，不出也。"被诬陷之后，苏轼也知道小人的可怕，"多难畏事，钦之爱我，必深藏之，不出也"，知道这篇文学名著的背景，再读东坡这几句委婉含蓄之词，真是要觉得啼笑皆非啊！

在黄州这段时间，东坡常说"多难畏事"或"多难畏人"这样的话。他的"乌台诗案"不仅个人几罹死罪，也牵连了家人亲友的被搜捕贬谪。他的"多难畏人"，一方面是说小人的诬陷，另一方面连那深爱的家人亲友学生也宁愿远远避开，以免连累他人。与李端叔的一封信说得特别好："得罪以来，深自闭塞，扁舟草履，放浪山水间，与渔樵杂处，往往为醉人所推骂，辄自喜渐不为人识。"

穿着草鞋，跟渔民樵夫混杂在一起，被醉汉推骂，从名满天下的苏轼变成无人认识的一个世间的凡夫俗子，东坡的脱胎换骨，正在他的被诬陷、受诟辱之后，可以"自喜渐不为人识"吧。

《寒食帖》写得平白自在，无一点作态，也正是这纷华去尽，返璞归真的结果吧。卷后有黄庭坚的跋，对《寒食帖》赞誉备至。黄庭坚是宋四大书法家苏、黄、米、蔡中仅次于苏轼的一人，书法挺俊而美，但是他对《寒食帖》叹为观止。正是黄州的东坡竟可以连美也不坚持，从形式技巧的刻意中解放出来，美的极境不过是"与渔樵杂处"的平淡自然而已吧。

在拥挤秽杂的市集里，被醉汉推骂而犹能"自喜"，也许"我执"太强的艺术家都必要过这一关，才能入于美的堂奥，但是，谈何容易呢？

辞岁之钟

老远从台北到京都，只单纯为了听一听寺庙里的辞岁之钟。

据说，子夜一到，遍山寺院的钟声就要一同响起，彻夜不息。

下午特地睡了一觉，醒来时已是十时许，用了餐，从客栈出来，便往东山的寺庙区走去。

东山是京都外缘地势较高的一带，丘陵绵亘，古老的寺院一一毗连建筑在山坡上。

几个我熟悉而喜欢的寺庙中，清水寺据位最高，有弯曲的石板小道盘桓上山，两旁是专门售卖著名"清水烧"陶制品的小店铺。

清水寺依陡崖而建，用巨大的柱梁架构支撑着，那临崖悬空的一面便可见谨严耸峻的结构之美。寺后又有"羽音泷"，引山泉涓滴入石槽下注如瀑，来拜观的游客用长柄的锡勺凌空接水而饮，也是祈愿纳福的意思吧。秋天清水寺满山红叶又如火烧，这诸多因素，便使清水寺闻名于世了。

京都大部分的寺庙年代久远，漆饰落尽，只剩原木的朴质。斗拱屋檐下常用铁丝作网罩护，防鸟雀筑巢，以维护古迹。然而鸟雀还是常在梁柱间穿飞，加上人们豢养的鸽子，下飞啄食，使人想起杜甫游长安大云寺时诗中的句子："黄鹂度结构，紫鸽下罘罳。""罘罳"指的是建筑中镂空的木雕装饰，在京都看到的寺庙大多保持唐宋的风格，"结构"与"罘罳"都粗壮结实，给人力学上厚重谨严的感动，还没有发展到明清建筑过度繁缛琐细的程度。

京都不少地方使人缅想起长安，街道的规格、建筑式样、地名、寺庙、节日风俗，都使人隐约回味着唐诗与绘画中的景象。尤其烟岚幽深的东山，一山苍翠，寺院林立，是古文化的重要活动区。在那静谧曲折的巷弄石板路间行走，仿佛一照面就要碰见骑驴而来的李贺，正苦吟着一句将要惊动世人的新诗："天若有情天亦老……"

"天若有情天亦老"，天上只是密蓄着浓厚雪意的灰云，我一路往清水寺走去，心想，那里钟声清亮，而且可以俯瞰京都夜里的灯火。

街道上挤满了人。从各处赶来的百姓，都拥向东山的各寺庙去，等待一敲那既是告别又是祈愿的辞岁之钟。

女子们都刻意打扮过，穿颜色鲜丽的和服，腰间缠扎橘红色或紫色醒目的带饰。高高的发髻上满插成串的小花、铃铛、羽毛的各色饰物。

雪刚融化，地面上还潮湿，女子们搂着衣裙的下摆，在滑泞的石板上款款而行，衣裾下露出洁白袜子包裹着的美丽足踝。她们躬身屈膝行走，仿佛手中搂着珍贵之物，怕弄伤了，那种谨慎，便使仅仅是行走也有了舞姿似的婀娜。

一个明艳的女子和伙伴调笑，被友伴嗔怪，又是歉意，又是顽皮，举袖掩口而笑。笑声如铃，久久不肯散去，在清冷的空气中化作一缕缕悠长的白烟，慢慢升举、变幻。仿佛因为寒冷，笑声凝止了，化作视觉上烟的悠扬，在这岁月与岁月交关的时刻，使我望着那不可知的升举与变幻，有空漠与悲哀的感喟啊！

清水寺的钟在入寺的山门附近。山门是独立的一幢如汉阙的建筑，榱桷峥嵘，檐宇飞张，使人感觉着意气风发的气势，而这里地势颇高，已可以眺看京都市灿烂如花的夜之灯火了。

钟颇大，有一人高，钟壁沉厚，用极粗的绳索缠缚悬吊在钟亭的木梁上。钟旁另外悬垂着一根横置的木柱，有腿肚粗细，可以拉动，那就是撞钟发声的木杵了。

一路蜿蜒的山道上全布满了人，排队静候子夜来临。

我看了一会儿那安静等候的众人的面容，有年轻结伴来的女眷，有老年夫妇，有凄苦的、美丽的少年……原为了敲辞岁之钟来的，我此刻却只想细看那虔诚守候辞岁之夜的世人的面容。

山脚下京都的繁华和石苔上一簇未融残雪的晶莹，都可赞叹。我又绕到寺后，听夜静无人时"羽音泷"涓细的水声。

陡地，那第一声的辞岁之钟轰然响起。啊！告别原来是这样郑重。

我绕回寺前，在一块突起的磐石上俯瞰钟亭。

撞钟的人在钟前一击掌，那清脆的掌声是宣告，是信诺，是岁月交关的时刻许给这天地的一愿。他合十深深一拜，拜完，才上前一步，用力拉动木杵，全力在钟上撞出惊动天地的一响。

南禅寺、银阁寺那边也传来了钟声。

四山都是钟声了，远远近近，此起彼落，那么多已逝去的和未逝去的眷爱、忧苦、祈愿与祝祷，化作这在天地间连绵不断的钟声与钟声的回响。

我在磐石上深深一拜，这钟声中众人的悲苦与喜乐，我也都有一分啊！

山盟

观音

我跟山有缘。

小时候住台北,四面环山。因为还没有高楼遮挡,一眼望去,层层叠叠,全是连绵不断苍绿的山。

我住在大龙峒,是淡水河与基隆河的交汇处。淡水河已近下游,浩浩荡荡,经社子、芦洲,往关渡出海;基隆河则蜿蜒向东,溯松山、汐止、基隆方向而去。

基隆河环绕之处便是圆山,有桥横跨河上,还是日据时代留下的石桥;桥上有几座石亭,样式古拙厚重,桥下是巨大稳实的墩柱。

从我家到圆山，快步跑去，只要十几分钟，山上有动物园、跑马场，山下河边有一座废了的砖窑。

现在大概没有人把圆山当作"山"吧，它不过是台北北边一处较高的所在。

圆山却是我第一个亲近的山，也借着它的高度，我开始眺望梦想更多的高山了。

高山却全在淡水河的另一边。

我在河堤上放风筝，跑着跑着，线断了，风筝扶扶摇摇，越升越高，往河的对岸飞去了。

河水一片浩渺，河水之外是烂泥的荒滩，荒滩之外是稻田、房舍；稻田房舍之外，呀，放眼看去，便是那错错落落，在烟岚云嶂里乍明乍灭的一片峰峦了。

我玩倦了，坐在高高的土堤上看山，隔着浩渺的河水，隔着荒滩、稻田和房舍，觉得那些山遥不可及。

下了课，沿河边走回家，顺便在土堤上看黄昏。日落的方向恰巧是观音山，一轮红黄的太阳，呼呼而下，澄金耀亮的光，逼出了山势的暗影。

Unrelated to Time

光,瞬息万变,一刹那一刹那,全是幻灭;山却永恒静定,了无私念,真是山中的观音了。

从小就看人指点观音山,说何处是鼻子,何处是额头,何处是下巴。指点的人,指着指着,又觉得不对,部位都不准确,只好放弃了。可是,一不指点,猛然回头,赫然又是一尊观音,安安静静,天地之际,处处都是菩萨的浅笑,怎么看都是观音。

小学五年级,学校远足,爬过一次观音山,不是涉河而过,却是绕道台北桥,一直走到三重新庄,翻过观音山最高处,下到八里,再搭渡船到淡水,换火车回圆山,几面观音都看到。

"执象而求,咫尺千里",看久了观音山,也不拘求形象,观音山成为我的梦中之山了。我在八里住了一段时间,后窗一开,观音山就在眼前,云烟变灭,全是观音的眉眼;我关了窗,离开了八里,观音山依旧仍是观音山。

纱帽

从淡水河关渡方向看八里乡的观音山,山势峭秀,有特别灵动的线的起伏;如果换一个方向,站在八里乡,隔着淡水河,瞭看对岸的大屯山系,则气势磅礴,一派大好江山的样子。

观音山有女性的妩丽和温婉，大屯山则是男子的雄强壮大，它浑圆厚重，不露尖峭的石质，土壤丰厚，满披着郁绿的丛草植物，坡势宽坦平缓，可亲可近，仿佛处处可以环抱。

观音山是无所不在的神似，大屯山是具体可亲的身体，可以依靠、亲近、回环。

大屯山系覆面广大，和七星山连成一片，包括淡水、北投、天母、阳明山一带，全是同一个脉系。

我读大学的时候上了华冈，开始住进了大屯山系的环抱之中。

记得新生训练第一天，卷着一包棉被上山，车过岭头，回头一看，满眼星碎的台北灯火尽在脚下，我便知道，我与山有缘，要来践前世的盟约了。

华冈本身在山里，却凸出于峰峦之外，是最好的看山之处。

隔着一道深谷，最近华冈的是纱帽山。

纱帽山是最无姿态的山，它其实连纱帽的曲线都不明显，浑浑两大堆土，近处仰看，最像一人俯地找物撅起来的臀部。

春夏的时候，我一上完"老庄哲学"，就跑到有阳光的草地上盘膝冥想，纱帽山就与我对坐。

在华冈，读了大学带研究所，看了六年纱帽山。看到纱帽山的静定，看到花开泉流，看到山色变幻，有无之间，爱恨之际，原来它的混沌中满是杀机，有从蛹眠中醒来的蛇与蝴蝶，有血点的樱花与杜鹃，满山撒开，杀机与美丽都不可思议。我懂了一点《齐物论》，懂了一点生命飞扬的喜悦与酸辛，要俯首谢它，而纱帽山，只是无动于衷，依然浑浑两堆大土。

奇怪，我至今读老庄，总觉得师承在大屯。

纱帽山下有深谷，下到最底处，看乱石间激流飞溅，湍泻云生，水声轰轰似雷鸣。踏石涉水，可以渡到对岸，攀上陡坡，上面便是北阳公路，往右通阳明山，往左就下到天母、北投一带。

这一带多是温泉区，山脚下常有天然泉窟，草木却特别蓊郁茂密，视野全被阻挡，完全不同于华冈的开豁，像在瓮底，身在此山，却全不见山势。

如是机缘

纱帽山太熟了，有时觉得与它对坐久了，身子离开，神思却留在那方草地上，怎么唤也唤不回。

寒暑假我就常常跑到竹南狮头山去。

狮头山一山都是庙，从山脚盘旋而上，大大小小，各种宫观寺庵总有十来座，我常住的是最高处的元光寺和海会庵。

海会庵是尼庵，只有师徒三代尼姑，年老到年少，打理庙中杂事，诵经念佛，一入夜就闩了山门，各自熄灯就寝，特别寂静。

元光寺僧尼都有，孩子哭叫，交一点香火钱，吃住都包了，香客多，人众也杂。

我想静时，就住海会庵；静怕了，就搬来元光寺。原来也只有一小包衣物及书，拿了就走罢了。

狮头山没有大屯一带氤氲的云气，显得有点干燥，但是它好的是有庙：清晨有钟，黄昏有鼓，经唱从远处传来，也成了山声。

一夜住海会庵，入夜闩了门后，我想出去玩，便偷开了门，在山路上闲走。因为没有月光，山里黯黑，远处听见铁器响声，我便站定。看不清，似乎是一头牛，黑黑一团，可是铁器是一根杖子，仿佛拄在人的手中，一声一声敲在石阶上。

我有点怕，闪在一旁，待这物走近，却是一老妇人，大约腰病，上身完全折叠下垂，头触到膝部，一手拄着沉重的铁杖，一步一蹭蹬，艰难走上石阶。我因为好奇，跟在后面，一路跟到元光寺。她入了庙，把铁杖放平，又蹒跚到大殿庑下，跪伏在地，全身俯拜下去。四处是孩子的哭叫，僧尼与众人来往，没有人理睬她。她兀自拜完，拿了铁杖，又一步一步磨蹭着下山去了。

庙里多嘴的僧人告诉我，她住在山脚下，因病瘫痪，上身不能直立，已经多年。她每天黄昏饭后，拄了铁杖，一步一步走上山来，在元光寺大殿俯拜，再摸黑走下山去。

我在狮头山一住几个寒暑假，母亲急了，以为我要出家。我心里好笑，出家哪里这样容易，我连这老妇人拜山的庄严与敬重都还没有，哪里就谈出家呢！

狮头山一处僻静，的确也住过有心人，不知谁在山壁上刻了两句联，我至今还记得，说的是：

> 山静云闲，如是机缘如是法
> 鸟啼花放，尔时休息尔时心

一山一山走，满眼满耳，不过是鸟啼花放，领悟与不领悟，都是机缘。

可以横绝

读研究所的时候，我的论文写的是明末的黄山画派，黄山诸峰，借着古人画作，一一都来梦中；明末徜徉于峰顶白云间的石涛、梅清、渐江，也似乎笑语言喧，犹在昨日。

黄山是奇山，刀削斧劈，几个大石块磊磊叠叠，盘错成一巨物，通体无土，露出粗粝的石质。

去过黄山的朋友跟我说，飞来峰那块石头，力学上怎么看都不对，绝对应当掉下去，可是它就是悬在那儿，让人捏一把汗。

黄山画派的绘画，也因此无一不奇，梅清把山画成一缕青烟，幽幽荡荡，山可以行走，上升，飞逝；渐江的黄山峻嶒孤傲，常常一大块巨岩挡面，不留一点人情余地。

黄山是明末怀亡国之痛的诸君子隐栖之所，山势把风景逼到了险境，时代的悲痛，也把个人的生命逼向孤绝之处。

风景和生命，逼到临界，却都灿若春华，可以供人歌哭了。

入我梦中的黄山太高绝了，那里云石虬松，处处都是明末的奇险。

写山的奇险，令人叹为观止的还是李白的《蜀道难》吧：

> 噫！
> 吁！
> 嚱！
> 危乎！
> 高哉！
> 蜀道之难，难于上青天！

在中国的诗里，大胆破坏格律的规则，用连续的单音、惊叹号与复沓冗长的句子，造成山的跌宕奇险，李白的才情，似乎正是那中原大山的磅礴奇绝，使人目眩，使人在奇险的崖壁上下望。那渺渺山河，我们惊叫股栗之时，李白已经几个纵跳，可以横绝生命的奇险，可以在奇绝的高处，犹有吟啸自如的豪情。

母亲生长在关中，常跟我说，上华山峰顶，要攀着铁链上去，冬季大风飞作，山顶巨寺檐顶，常整片被风吹走。

中原大山常在母亲口中，偶然读史书，也要慨叹，那样巍巍峨峨的堂堂大山，真是英雄的江山啊！

美术史上，至今犹可仰望的，还有北宋范宽《溪山行旅图》中的大山，堂堂正正一块巨岩正中壁立，从什么角度看，都必须仰望，他把山升高成为一种胸怀与气度。那是范仲淹的时代，岳阳楼上，要唱出"先天下之忧而忧"的抱负与情怀；那是欧阳修、韩琦的时代，是山，便要堂正、巍峨，绝不屈从，绝不谄媚，绝不做小家子气。范宽的山，为山定出了精神的极则，那占画幅三分之二的方正大山，是数学上的黄金分割，也是北宋初士人的风姿。不久之后，王安石要变法；不久之后，少年的苏轼，意气风发，要出三峡，听巨浪轰雷。

山路

一九七五年，我从法国东部的梅瑞坞（Mégère），经瑞士到意大利，所走的山路是欧洲历史的古道。汉尼拔大将自南而北，拿破仑由北而南，两次向阿尔卑斯山的奇险挑战，是欧洲史上津津乐道的。

我去的时候是九月，阿尔卑斯山的主峰勃朗峰（Mont Blanc）还是积雪未化，一片晶莹皑皑，雪水夹山势下冲，惊天动地。

我上了瑞士，觉得这座欧洲名山太干净，处处都像风景明信片剪下的一块，纤尘不染，山顶湖泊，清澈可见湖底石粒。这种雅致洁净，像西方人工整的花园，一路看去，无一处不好，但是，太多的"太好了"，加在一起，使人觉得不是真的。

在瑞士边界，我搭上了一个醉汉的车，上了车才知道他烂醉，已经下不来了。

山道迂回盘曲，从瑞士往意大利，处处是绝崖峭壁。他酒气冲天，却丝毫不减车速，并且一路不忘指点江山，告诉我罗马古代名将征服的遗迹。

几次车在悬崖万仞的高处呼啸而过，我侧身下窥，知道随时要粉身碎骨，但是，车外峰岭连接，汉尼拔与拿破仑擦肩而过，有酒气壮胆，在历史的奇险之处，我岂可惊惧怯懦，便一路与他歌唱到米兰。

这人是意大利人，家在米兰，工作在瑞士，每星期都要往来于这山路，每次都是醉酒开车，一路高歌。

阿尔卑斯山上，有多少英雄死去，汉尼拔与拿破仑声名不朽，他不过只是一醉汉。但是，有酒与歌，一路伴随他指点江山，在历史的险绝处，他不减速，也不退却，也仿佛是英雄了。

历史真是奇险，峰回路转，处处要人粉身碎骨；然而历史也可以呵呵一笑，拿来佐酒，入渔樵的闲话。一部阿尔卑斯山的史记，我不看帝王本纪，不看诸侯世家，单挑这醉汉的列传一读，也便觉得山路奇险处都有了好风光。

艮 ☶

比起太过伟大的阿尔卑斯山，我印象更深的倒是横阻法国与西班牙边界的比利牛斯山，荒悍奇兀，有一种原始的野性，处处是红褐的土块，倔强深沉，是弗拉明戈舞中郁苦与狂欢的混合。

西方美术史上，把这种红褐郁绿的土块山势画出神髓的是塞尚（Paul Cézanne）。

从法国往西班牙去，车过 Aix-en-Provence（普罗旺斯）地区，车窗中望出去，赫然一幅一幅塞尚的画。松绿和土褐的色块，交错组织在静静的阳光里，是山内在的秩序，是山近于数学的结构，被塞尚一一找到了。

用生命最后的二十年，不断看山、画山，不断与山对话的塞尚，把圣维克多山（St.Victoire）升华成永恒的符号。近二十年，他住在山里，几乎不与人来往，只与山对话。一九〇六年，塞尚在画山时倒下死去。二十世纪的两大流派，"立体派"与"野兽派"的观念与技法都从他的画中崛起。

在西方美术史上，与山对话的画家并不多见。西方人多在人体上看风景，中国人则完全相反，是在山水中看到了人的诸多变貌。塞尚，作为二十世纪西方美术的宗师，这一点，倒像是中国画家的嫡裔。

我喜欢敬爱塞尚是较晚的事，少年时着迷梵高、高更的郁苦狂热的美，要到更成熟安静之后，才知道敬重塞尚画中《圣维克多山》近于数学的简单、庄重。

一个人一生也许只能认真地看一座山吧。

塞尚把一生舍给了圣维克多，范宽舍给了华山，渐江舍给了黄山，黄公望舍给了富春山。

"山"是构成中国人基本宇宙秩序的元素之一，也就是《易经》里的"艮"☶，与乾、坤、震、离、坎、巽、兑，分别代表着八个元素，构成自然的循环与创造。

《易经》中的"艮"，有着息止的意思，艮象的形容是：

"兼山，艮，君子以思不出其位。"

儒家也说"仁者乐山""仁者静"，似乎，山便象征了生命久动之后的息止，是纷乱中的僻静之处，是静定与沉思，是专注于一个简单的对象，从纷扰中退下，知道停止的意义，知道一生只能舍给一座山。

大度·山

一个人一生也许只能舍给一座山吧。

我看山太多，觉得有点目迷。

日本京都一带的东山、岚山，山上寺庙都好，绿竹修篁，有乌鸦凄寂的叫声。南禅寺中，一坐一个下午，好像一生都坐完了。在一方一方的叠席上瞑目盘膝而坐，室中无一物，只有山泉自高处直泻而下，哗哗一片，满耳都是泉声。

恒春半岛上有一座南仁山，因为列为保护区，知道的人不多。浑浑圆圆一带不高的土山，连绵展开。四周湖水回环，山影全在水中。山脚下住户都已迁走，仅余一家，养鸡捕鱼，掘山上的竹笋入菜，花自开自谢。湖面有一两百米宽，两岸牵一绳缆，系一船筏，这岸人叫，那岸便拉动纤绳，渡人来往。

我初看时，吃了一惊，风景完全像元代黄公望画的《富春山居》。浑圆平缓，是乱世的悲怆过后，可以蜷伏着一枕入梦的元人山水啊！

与南仁山相比，台湾东部大山峻拔陡立，全是岩石的峥嵘崚嶒。太平洋造山运动挤压着地块，这隆起的东部大山是不安而焦虑的巨大岩石，陡直矗立，有着新山川的愤怒与桀骜。立雾溪像一把刀，硬生生把岩壁切割成深峻的峡谷，急流飞瀑，一线冲向大海，岩壁相对而立，几千尺的直线，没有一点妥协，是山的棱棱傲骨。

这么多不同的山，这么多不同的生命形式，我一一走来，却不想走到了大度山。

最初来大度山是为了看杨逵先生。我刚自欧洲归来，杨逵先生出狱，在大度山栖隐，开辟农场，莳花种菜。

大度山，据说原名"大墩"，又叫"大肚"，有人嫌"大肚"不雅，近年才改名"大度山"。

"大肚"名字土俗，却很好。这个山，其实不像山，倒是混混沌沌，像一个胖汉躺卧的肚腹，宽坦平缓，不见山势。

山看多了，倒是没有看过一个不显山形的山。

一路从台中上来，只觉得有一点上坡的感觉，却全不见峰峦形势。

有人说山势如"馒"，圆墩墩一团，像馒头。大屯山、纱帽山、南仁山都是馒头山。大度山则连"馒"也说不上，它真是一个大肚，不往高峻耸峙发展，倒是绵绵延延，四处都是大肚，分不清边际。

上了大度山，要到了高处，无意中四下一望，中部西海岸一带低洼平原尽在脚下，才知道已在山上了。

大度山，没有丛林峭壁，没有险峰巨石，没有云泉飞瀑，混混沌沌，只是个大土堆。

因为不坚持，山也可以宽坦平和，也可以担待包容，不露山峰，却处处是山，是大度之山。

在大度山上一住四年，倒也是当初没有想到的。

刚来大度山，住在学校宿舍里，连家具都是租的。用第一个月的薪水买了一套音响，身历声听普罗科菲耶夫的清唱剧 Alexander Newski（亚历山大·涅夫斯基组曲），我便觉得可以爱上大度山了，也觉得，只要随时变卖了音响，归还家具，又可以走去天涯海角。

但是，因为不能忍受院子的光秃，就开始种起花树。竹子、绣球、杜鹃、含笑、紫藤、紫荆、杏花、软枝黄蝉、夹竹桃、茉莉、玉米、番薯，一一种下，加上两缸荷花，披风拂叶，蓊郁一片，一年四季，一遍一遍开花结实。在盛旺与凋零间循环，我想，只有它们，是永远属于大度山了。

我有一梦，总觉得自己是一种树，根在土里，种子却随风云走去了四方。

有一部分是眷恋大地的，在土里生了根；有一部分，喜欢流浪，就随风走去天涯。

大度，山，大度山上的一切，有前世的盟约，也都可以一一告别，唯一想谨记于心的，还是它连山的姿态都不坚持的宽坦大度啊！

Unrelated to Time

辑三

欢 喜 赞 叹

她不只听比吉斯,
她也看观众,甚至以为「观众远比节目好看」。
这便使她不那么「为艺术而艺术」,

○

不那么被艺术客观的形式主义所缠缚,
而能在形式主义纷繁的术语中披荆斩棘,直指"人"的主题。

"人"的电影主题

电影成为现代人生活不可忽视的一环，已日甚一日地明显起来了。大部分成长中的青年，主要影响他们一生的人物典型、价值观，莫不来自他们所接受的电影。

好莱坞为主的西方电影工业，以独霸的方式君临二十世纪，影响了世界大部分地区的生活形态，主宰并决定了现代人的精神面貌。

在台湾成长起来的青年，也不可避免地跟随着好莱坞的流行，在不同的阶段，模仿着不同的好莱坞式的"英雄"：二十世纪四十年代到五十年代是嘉宝、罗伯特·泰勒、费雯丽；五十年代到六十年代是伊丽莎白·泰勒、洛克·哈德森、詹姆斯·迪恩；六十年代到七十年代是费·唐娜薇、沃伦·比蒂；七十年代到八十年代则是约翰·特拉沃尔塔……

电影，强而有力地进入我们的生活中，主导了我们对爱情、荣誉、生命意义的看法，成为我们意识中重要的一部分。然而，大部分的人面对电影时，没有能力反省，没有能力思考，没有能力抗拒，我们已逐渐接受电影的单向指导，成为电影在现实生活中的"复制品"，重复着电影煽动起来的欲望、忧郁、爱情、叛逆、悲哀，或英雄情态。

随着电影的蓬勃发展，电影的商业性质越发重要，围绕着这商业行为而活动的广告、介绍、影话，也一并兴盛了起来。大众传播的刻意渲染各类影星的不真实的私生活花边，便是明显的一例。

传统的艺术，诸如个人的写作、绘画等等，所动用的人力、财力，需要合作的要求，一般说来都比较小。随着都市娱乐文化的集中与需求，表演艺术——如歌剧、舞剧等，已经具备了企业的形态。

电影是标准工业革命、城市工商业高度发展以后的产物。因此，作为文化活动的一环，电影，隐藏在背后的，却是它残酷的商业性吧。

这种商业性质，使大部分的电影，披着文化的外衣，却在实际的利益动机下，煽动人性中最脆弱的部分，使我们毫无反省能力地跟着哭、笑、紧张、悲哀、忧郁、兴奋……

如果是文化,如果是艺术,当然,我们绝不认为电影的目的止于"煽动感官"吧!

但是,强大的商业性,使电影越来越陷于"文化"与"利益"的拉锯战中。煽情的、刺激官能的、回避生活真相的电影,与深思的、反省的、面对生命现象的电影,在我们的周遭混搅不清。电影,与巨大的商业利益结合,已经层层包装,形成了一个文化上空前未有的骗局。而在这样的情况中,知识分子参与到这混战中去,助长电影商业性的发展,或大声疾呼,努力使电影回到文化的本位上来,负起导引人性深思、反省的责任,便也看出了以电影为中心,知识分子的见识、胸怀与道德勇气了。

在台湾近十年间,以专业性的态度,站在文化与意识形态的关怀上,大声对电影文化提出反省的影评人,焦雄屏是应当受到重视的一位。

焦雄屏自一九七九年以后,陆续发表在《联合报》的影评,无疑地,说明了知识分子关怀电影的去向、关怀电影在现代社会的角色,已到了一个成熟的时机。

《焦雄屏看电影》不仅是焦雄屏个人的事，也同时说明着台湾不涉批评的"影评"的时代结束了，说明着新的电影观众中有一部分已不把电影当消闲的娱乐，而是作为生命思索、反省与提高生活的有力媒介。

焦雄屏在一九七九年十二月八日发表的《比吉斯演唱会》一文中说：

> 无可否认，现代艺术是创作和商业的结合。比吉斯认清现代艺术以贩卖为目的，以营利为创作指针的本质，所以一直跟上时代，不被淘汰。

她又说：

> 我觉得，观众远比节目好看。这个以少女占大多数的观众群，多半属于中上阶级，白人占了百分之九十，零星点缀了一些黑人及墨西哥人。演唱会这种昂贵的娱乐，到底还是属于富贵的一群。

从这一篇，我们已经可以看到，焦雄屏出现于电影及文化评论上几个不同于其他人的特质：

第一，焦雄屏关心大众文化。她的严格学院训练，没有使她成为书斋评论家,没有使她封闭于狭窄的学院视野中,自满于专业术语建构起来的象牙塔。相反地,她用最平实的语言,选择最大众化的题材,讨论大众最切身的文化现象。一九八〇年,焦雄屏发表的一连串对于功夫影片,如《拳精》《德州访成龙》《好莱坞眼里的"中国人"》《杀手壕》等的探讨,便是她选取大众最切身的电影来讨论的明显例证。

第二,焦雄屏敏感地发现现代文化与商业的微妙关系。站在对大众文化的关切上,焦雄屏以大众意识形态与健全思考力的立场发言,此后她大部分的作品,便常常针对文化的商业性病变,痛下针砭。

第三,焦雄屏在艺术、文化中真正看到了"人"的重要性。她不只听比吉斯,她也看观众,甚至以为"观众远比节目好看"。这便使她不那么"为艺术而艺术",不那么被艺术客观的形式主义所缠缚,而能在形式主义纷繁的术语中披荆斩棘,直指"人"的主题。

以上这些特质,使焦雄屏在台湾影评上具备了一种特殊的风貌。

经过严格的学院训练,一直到近两三年来,焦雄屏转而对第三世界影片及中国电影史发生兴趣,对某些朋友及读者而言，她似乎越来越不"学院"，或不那么"理性""客观"了。

她从对"人"的关心到积极介入其间，使她的道德勇气远远超过艺术形式的分析与讨论。这是好是坏，我还矛盾着。好像好几次我劝她也要维持对艺术形式技巧的注意；但是，另一方面，我又感觉着那强烈的"人"的关怀，的确比许多"客观""理性"然而冷漠不关心的思考更具震撼力的吧。

焦雄屏越来越不避讳她的立场与坚持，虽然失去了一部分知识分子中为求"理性""客观"的读者，但是同时，也显然给予更多对人世、社会、民族怀抱着热情的青年以强烈的震动，使他们在虚无、乏力、安逸到欲死的尽头，似乎看到了另一种生活方式的可能。看到了作为现代文化中最重要一环的电影，也可能是昂扬而奋进的生活记录，知道了电影在文化与商业之间，其实是一场漫长的战争，对人的互助、友爱、正义、良善，多一点坚持，也便是在为电影立足于文化多得回一点阵地吧。

焦雄屏自己在转变之中，台湾的电影文化也在转变之中。焦雄屏的影评，的确已逐渐溢出了"电影艺术"的范围，而是更广阔地把电影艺术当一个严肃的文化课题来看待，把电影艺术置放在社会、历史的大格局上去衡量。虽然时或过于激情，影响了透视上的准确，但是，在电影评论上深怀着对人、对社会、对历史的情感，焦雄屏仍然以她独特的风貌在影评中有令人激赏的魅力吧。

辑四

今宵酒醒何处

这些似乎熟悉又不熟悉的风景。

熟悉，是因为萍水相逢，我与风景，不过都在流浪途中。

○

不熟悉，是因为每一分每一秒都在告别，

那车窗外不断飞逝而去的风景与岁月，我何曾留住任何一点一滴。

屋漏痕
——献给台静农老师

墙上有一块水湿的渍痕，颜色非常淡，泛黄中有一点点浅褐。

水，本来是没有颜色的。被水濡湿了的衣服，干了以后，也并不见留下什么痕迹。

墙上留下像拓印一样的水的渍痕，因此是日长月久累积的岁月的痕迹吧。说它是"浅褐"，也并不正确，它事实上不像一种颜色。是水在墙上漫漶流渗，日复一日，那无色的水，竟然也积叠成一块渍痕。仿佛岁月使一切泛黄变老，那水的漫漶流渗，也使墙起了心情上的质变。

中国书法绘画都常提到"屋漏痕"。"屋漏痕"暗喻着中国美学追求的意境。长久以来，许多人以为"屋漏痕"是一种笔触、形态或色彩，然而，面对着墙上这一片水湿的渍痕，我想，也许"屋漏痕"更是一种心境吧。是发现了水与岁月都无踪迹，但是，日久天长，水与岁月竟然又都留下了渍痕。从斑驳漫漶的洇渍般的墙上水痕，古老的中国，因此了悟了岁月，了悟了美，也了悟了生命。

用饱含水墨的毛笔拖过容易沁透的宣纸或绵纸，水墨随笔势渗开、涣散。墨迹在纸上留下的笔触、形态、色泽都比较明显，隐藏在墨线之间及墨线边缘那水痕的流走却不易觉察。

但是，水痕确实是存在的。当握着笔的手静定到一定程度，在静定中点捺牵连，在点捺牵连中呼应着自己均匀谨慎的呼吸与心跳，这时，常会发现，墨的内在，原来有流动的水痕，像一片游走的光，使墨有了层次，使墨不呆滞死寂。

使用现代工业制造的墨汁写字便很难体会这种变化。水与墨，有交融与不交融的部分；水与墨，有冲突，有抵消，也有沁透、融渗与涣化。水与墨，一有色，一无形，有色在无形中消融，无形日积月累，叠积了岁月与年代，竟成纸上一片漫漶的水的渍痕。

"屋漏痕"暗喻的正是岁月与年代吧！

在大阪博物馆看到一帧明末倪元璐的水墨奇石，草草勾来，墨线与墨点流荡错落，只觉淋漓浑茫，满纸都是岁月的水痕。

倪元璐的书、画都不多见。他的书法遒劲老辣，笔的走势中全是凌厉的顿挫，占了画轴上半的位置。下面勾勒奇石的线条却轻松自在，从规矩形式中解放出来，像麻索败絮，像流走的云岚烟霭，水与淡墨拖带出线的牵连，几点浓黑的墨的苔点，惊心骇目，在线的流走牵连中排比成静定的秩序。

线与点在复制上都还可以领略一二，然而水痕是不可见的。水痕只在这唯一的纸上，随岁月辗转流离，三百年前明亡时的水墨尘缘，未曾劫毁，也另有了画面的沧桑。

水墨画其实是水痕的领悟。水不同于油，有特别灵透变幻的生命。西方的油彩在画布上凝结固定，中国的水墨却在纸绢上沁渗涣散；前者追求具体可见的形象，后者融墨于水，水痕交叠，只是渐淡渐远的一种心境吧。

饱含水分的墨与色彩，结合着水光，在濡湿的纸上显现出层次的迷离。水与墨的交叠融荡是水墨画创作过程中最动人的部分。但是，画水墨的人，也大都经验过纸张干透，水痕消失那种惋叹又莫可奈何的心情吧。

墨，一旦失去了水痕的滋养，便从明灵变得黯淡，从莹润变得枯槁了。因此，水墨画要一次一次渲染，每一次都是为了积叠水痕，使纸张干透之后犹保持着淋漓苍润的效果。

画工笔画的人手上总离不开一支"水笔"。"水笔"是一支饱含清水的笔，在每一次上彩之后，又用这支"水笔"洗掉，然后再上彩，再洗掉，反复洗到十次以上，使水痕与色彩积叠成淡而有韵的光泽。不耐烦的人很难理解，一次又一次洗掉后积叠的色彩，与一次浓刷上去的俗艳之色差别在哪里吧。

写意泼墨，看来潇洒奔放，墨沈淋漓，仿佛全是急躁快速地泼洒。其实，真正精彩的写意画，从墨线外缘水痕细致的婉转收放，可以看出运笔的谨慎之处。写意经营水痕，也算是另一种形式的"工笔"。

倪元璐的墨线与墨点外围都有极细致的收敛的水痕。簇新时不知是不是这么明显，年代久远了，水痕泛黄，特别如珠玉，有朴穆内敛的光。

中国美学上说"惜墨如金"，似乎"惜墨"是为了领悟水痕。特别"惜墨如金"的画家，元朝如倪瓒，明末有八大山人，画上的水痕，前者空透，后者浑茫，都值得细细咀嚼玩味。

西方当代极简主义（Minimalism）的画家，Ad Reinhardt（阿德·莱因哈特）在整个画面的黑中营构不易觉察的黑，近

Unrelated to Time

于中国墨的单色系中层次的变化。但是毕竟不是"水"墨，只有形色的积叠。而中国的水痕，却是从形色的羁绊中一跳而出，使视觉艺术的形色，一转而为哲学心灵上时间的探索，"屋漏痕"的美学若不从这一点去领悟，也只能落于形色实相的纠缠吧。

这墙上一块水湿的渍痕，看久了，可以看到云岚变灭；看久了，可以看到山河蜿蜒，现象与心事的风景都在其中，有悲辛沮郁，也有欢唱飞扬。具象与抽象原无分别，自古而今，不过是为了参悟生命本质的沧桑，美与了悟都在这"屋漏痕"中了。

大学

独自旅行，时间特别悠长。可以十几小时，坐着不动，只看车窗外流逝的风景。丘陵起伏、河水潺湲，落尽叶子的荒疏的树林，或者一无景致的大平原上流动着淡淡的早春气候的寒烟。

这些似乎熟悉又不熟悉的风景。熟悉，是因为萍水相逢，我与风景，不过都在流浪途中。不熟悉，是因为每一分每一秒都在告别，那车窗外不断飞逝而去的风景与岁月，我何曾留住任何一点一滴。

这样的旅行竟似乎是生死途中的流浪。无始无终，无有目的与归宿。

青少年时，对流浪有一种向往。那时候家里管教得严，连在外过一夜都不允许。也许因为这样吧，背着一个简单行囊，一身破旧衣裤，有目的，或没有目的的流浪，就成了那一年纪美丽的梦想。

梦想不能实现。常常就独自一人跑去车站码头,看来往行客上车上船,心中就有莫名的欢喜。车船启程,仿佛那年少渴盼流浪的心也一起出发了。

后来在马赛、纽约这样的大港口看艨艟巨舰破浪而去,觉得真是奢侈,小时候连坐在淡水渔船码头,看人忙碌上下货物都有兴奋喜悦。高中以后,家中男生相继逃家了。留下悲壮决绝的告别信,写下"男儿立志出乡关"之类的轰轰烈烈的豪语,带着简单衣物,一走数日半个月。搭乘普通慢车,昼行夜伏,一路南下,紧张恐惧中自有不可言说的冒险者的兴奋。结果当然是弄到一身脏臭,钱花完了,工作无头绪,只有咬一咬牙,抱着"浪子回头金不换"的另一种自我勉励,不声不响悄悄回家了。

那时的流浪,喜悦多于悲哀,的确是因为心里知道某处有家,温暖、安定,有毫无条件的庇护与担待吧。在外面无论如何流浪漂泊,受尽辛酸挫折,只要愿意,收拾行装便可以回家了。

回家之后,不免要挨打、罚跪。父亲铁青着脸,母亲暗自垂泪。父亲自然要教训,骂着骂着,开始述说起自己少年时不告而别,离家去北伐抗日的种种故事。弄到最后,自己也弄不清究竟是在斥责,还是勉励;母亲已经炖好鸡汤,找一个空隙转圜,便督促儿子换下脏臭衣服洗澡去了。

少年的离家流浪,似乎是为了印证"家"的温暖可爱,因为别人怎么说都不信,非得亲自出去走一遭。因此,听到没有离家经验的青年说"家庭的温暖""父母的伟大",我总不信,那样的青年大抵常常只是人云亦云,将来也多半做不了大事。人类传统的原始社区,青年到十六七岁,若还不能独立去自谋生存,便是怯懦无能,要遭族人鄙视耻笑的。

从父母而言,孩子的离家,心情更是复杂。一方面自然难过、伤心、担忧;但是,当铁青着脸的父亲,骂着骂着,说起自己当年时,其实心中大约知道孩子是长大了。那种喜悦,也仿佛是生命再一次经验着新生的叛逆,初生之犊的意气风发,父子之间,深一层的情感其实反而是借着这种默契得以完成的吧。

然而,我今日的流浪感觉是很不同于少年时的流浪了。

我觉得是生死途中的漂泊,无始无终,没有目的与归宿。

在不同的车站,有不同的旅客上车下车。一个从来没有听过的地名书写在站牌上。开始我颇想记住这些地名,后来记得多了,混搅不清,地名也变得没有意义,便一一遗忘了。

坐在我左前方一个中年男子睡着了,打着鼾。他上车后始终是睡着的。他的邻座已经换了好几次不同的旅客。有时因为路基不稳,被剧烈颠动摇醒,他怔忡醒来,睡眼惺忪,左顾右盼一回,似乎要努力辨认自己到了哪里,可是不一会儿,又放弃了,垂头沉睡而去,继续他的鼾声。

这便是我忠实的旅伴吧,他使我觉得生死途中,这样荒凉,遥远无期的流浪与漂泊,连一个地名也辨认不出。

然而,也有短暂上车的旅客使我觉得生之喜悦的,那是一群下工的农人。

他们问我从哪里来,又问我做什么工作。

我告诉他们我在大学教书,他们就都露出敬羡的表情。

他们的身躯一般比我任教的那个大学中的同僚和学生们都要粗壮结实。因为长年在土地上耕种劳动吧,他们间的对话也有一种大学中已经没有了的简朴和诚实。

他们很好奇于大学中的青年们在学习什么。

"他们学习种植谷物、收割、打麦吗?"

"他们也驯养动物吗?挤出的牛羊的奶,他们知道如何用铁勺拍打,分离出酥酪吗?"

"啊!他们一定有一双巧手,可以把砍下的树木刨得像镜子一样平,可以用嵌合的方法盖起一座栋梁结实的屋子吧!"

"不同颜色与重量的矿土,掂在手中,他们知道如何分辨哪一种可以冶炼出铜,哪一种可以冶炼出锡或者铅吗?"

我一一摇头说:"不。"

他们有些惊讶了。

那年长有花白胡子的老人开口了,他说:

"他们的学习不是我们一般的生产知识。他们的学习是更艰深的。"

那老人的眼中有一种信仰的光,他缓慢地向他的村人解释:

"他们在大学中,要学习如何制定法律,在社区中为人们定出是非的判别标准,解决人群间的纠纷。

"他们还要学习高贵的道德,学习如何从内心尊重别人,救助贫困衰弱的人，相信人与人可以友爱。他们也要学习对大自然的感谢，知道神的赐予应当公平分配，应当珍惜。

"他们是大学中的青年，他们用我们劳动生产的时间去思考人类灵魂得救的问题。啊，那是极艰深的学习啊……"

老人眼中闪耀着奇异的光。对这一群在土地上劳苦终生的人而言，他们社区上没有一所大学，可是，他们理念中的大学竟是这样崇高的所在。

"他们愿意为我画一张美丽的卡片吗？"

一个天使一样面庞的小孩举起手中的一张宗教卡片。

然后，他们向我告别，下车了。

在陌生而宽广的大平原上，车子无声前行。路边的灯一盏一盏亮了起来。中年男子睡梦中的鼾声仍在继续。而我十分想家了，想念我的岛屿，想念我在岛屿上的大学和学生们。

荒凉的生死途程中的流浪，在永不停止的噩梦与鼾声中，还有那工作中的人给我一种清明的猛醒。此刻，我经验着从未有过的安静，在安静的泪中，一一再想一次那些农地上的人有关"大学"的对我的质问。

芭乐树始末

一九五三年左右,父亲因为转任公职,我们有机会分配到一幢公家的宿舍。据母亲说,当时分配的宿舍有两个可能,一个是位于厦门街一带较为市中心的地区,另一幢则在偏远的台北西北郊的大龙峒。最后我们选择了大龙峒,原因是家里人口众多,父母看中了大龙峒宽广的院子,可以在儿女纷纷长大以后加盖寝室之用。

大龙峒在二十世纪四十年代的台北的确是一个偏僻的地方。有两线公车从台北车站出发,一线是2号公车,另一线是〇北,到了大龙峒,已经是终点了。

第一次和父母亲搭乘了2号公车,摇摇晃晃一路从延平北路、重庆北路向北行驶,房舍渐少,稻田、草泽、树丛出现,母亲有些忧虑,担心是否真是太偏僻了。

下车的位置正是孔子庙的后墙。红色砖墙上写了"万仞宫墙"四个大字,墙头上隐隐透出高大茂密的老榕树。沿孔子庙左转是另一座古老的庙宇保安宫，祀奉保生大帝。保安宫前一片广场，广场连接着一个大水塘。水塘边用木柱草草搭了台，在演歌仔戏。戏台下有人坐在条凳上聊天、看戏，或东张西望。我在戏台下绕了一回，又绕到台后去看旦角们化装。一个旦角拉开金闪闪的绸缎衣服给小孩喂奶，一会儿锣鼓喧天，她就搁下小孩，整一整衣襟，娇声娇气叫一声"来也——"就明眸皓齿地站在台上，又开始了她悲欢离合的戏剧。

我记得非常清楚，第一天到大龙峒之后，在戏台下绕了一圈，便往大水塘跑去，水塘边听到的锣鼓的声音仿佛很遥远，有一群人围成一圈在看一件东西。我在圈外绕了两回，隐隐约约看到一张破旧草席盖着一个鼓鼓的物件，看不清，便找了个空隙，从大人腿间钻了进去，却赫然看到一双白白的赤裸的脚从草席下伸出来。大人们谈论着死者溺毙的种种，我听了十分讶异惊慌，后来母亲叫我，便赶快离去了。

关于大水塘草席下一双白白的赤裸的死者的脚，一直是我个人不能忘怀的回忆，父母亲不知道，兄弟姐妹们也不知道，朋友们也不知道，可是每次经过那大水塘，这景象就鲜明地浮起。

我被母亲责骂了一顿，就闷不吭声地跟着他们穿过保安宫紧侧一条又窄又长的巷子，可以听得见庙中和尚念经的声音，可以嗅得到燃烧的佛香的气息，光从两面高墙上斜洒下来。我被母亲拉着手，所以虽然四顾，却走得很快。

走完巷子，左转便是我们的家了，一排四幢新造的瓦房。我们家是第一间，所以有三面的院子，父母亲走进正在粉刷墙壁的屋内去，我则站在院中看工人在钉制篱笆。有几处篱笆已经立起，我跑近去，从篱笆的缝隙间可以看到外面一条一条的光。

我家的右手边隔街便是有名的清代四十四嵌商店建筑的后巷，一排一排窄长的老式宅邸，从宅邸中走出拿长竹竿的小脚老太婆，用尖细的声音责骂我们采摘她的番石榴。

这棵番石榴其实是长在路上的，而且紧靠我们家的篱笆。第一次随父母到这里，我站在篱笆下，看到一棵高高的绿树，绿树上结满了绿中带黄的果子。一个穿红花衫的女孩攀在树上，左手腕中挂着一只竹篮，右手便把摘下的果子放进篮中。我仰望着，树的枝叶好像把整个天都布满了，许多圆形的光漫天洒开来，而那个提篮的女孩向我笑了，她说："小弟，要吃芭乐吗？"她举起一个绿中带黄的圆形的果子。

父亲恰好走来，便跟她道谢了，她随手掷了两三个芭乐下来，父亲接到了两个，另一个插在新劈开的篱笆的竹尖上，父亲也取了下来，拿到新装好的水龙头底下冲洗了一下，便递给了我。芭乐很柔软，咬开绿黄的外皮，内里是粉红色的带籽的肉瓤，甜香的气味。

父亲一面吃一面与小女孩聊起天来，谈到大龙峒，谈到不远处的淡水河，女孩便从树梢上踮起脚指给父亲看，说："看得见的。"

小脚的老太婆手拿长竹竿颤颤地从黑暗的屋中走出，尖细的声音骂着偷吃芭乐的小孩。女孩向父亲笑了一下，一溜身就下了芭乐树，我在篱笆的缝隙间看到她奔向小脚老太婆，又把篮中的果子一一拿给老太婆看，一同进屋去了。

女孩是小脚老太婆的孙女，后来似乎是做了护士。小脚老太婆养了一窝猪，猪养大了，常常在某些人未起床的黎明之际，趁黑夜卖给屠户，当街宰杀。我在酣睡中惊醒，听到刺耳的猪的嘶叫声，惨烈极了。床上横七竖八的哥哥、弟弟也都惊醒，一同忐忑不敢出声。嘶叫之后，在可以感觉到的濒死的挣扎中听到闷闷的一声哀嚎，而后便一切寂静了，我们又懵懵睡去，仿佛不曾有过方才的惊吓。天亮时上学，路过小脚老太婆家门口便仍可看见一些地面血迹，已经混合在土中，不容易辨识了。

芭乐树因为铺柏油马路所以砍去了。铺路的那天大家都很兴奋，围在熬煮沥青的大车四近，驱之不去。那油烟蒸腾的臭气和机械隆隆的声响中都有一种莫名的兴奋。而小脚老太婆坐在她的院中，散开了几乎及臀的长发，用刨木皮蘸油一遍一遍地擦拭。她的头发竟是乌黑的，发着如缎子一般的亮光，她又重新把梳理好的头发绾成了髻，端端地在发髻上插了一支带翡翠蝴蝶玉饰的银簪子。

小脚老太婆颤颤地端着洗头水走到门口，把脏水哗地一下泼在最后的黄色土地上，然后便无事地看工人们忙碌地夯土、喷洒沥青，看一棵高大的芭乐树哗啦啦倾倒了下来。

辑五

夕阳无语

战争使人经历毁灭,思考毁灭,也对自己现在的繁华觉得只是无常。

○

但在无常之中,还有王宝钏十八年挑野菜的铁铲,母亲永远相信它一动也不动地端端立在寒窑之上。

寒窑上的铁铲

有时我想,我们的时代真是一个怪异的时代。

在记忆之前,我总是与逃亡的噩梦纠缠不清。后面有追杀的敌人,我在各种阒暗的角落躲藏自己,有时候是废旧的水井的深洞,有时候是蛛网密布的隔扇橱柜的后面。

母亲告诉我的童年竟然与这些没有缘由的噩梦完全相符,也都是仓皇奔逃的经验。

从西北奔逃到上海,再转福建。离开厦门的时候,我们全家是躲藏在运货的舱板下面。母亲说,在安静的深夜码头,她只担心我会忽然哭闹起来。

我没有记忆,母亲详细描述的许多景象我都丝毫想不起来,但是,我只是重复着相同的被恐惧与不安追缠的噩梦。

一生被战争影响的父母那一代,他们其实有一种在实际灾难中锻炼出来的勇敢与面对现实、应付现实的健康态度。

但是,战争对我而言却是完全捉摸不到,却又无所不在的恐惧阴影。

其实,在我所有奔逃的噩梦中,我是从来没有真正看到过敌人的。

在台湾定居以后,我最早的记忆是夜晚常常有突如其来的空袭警报,有的是演习,有的据说是真的有状况。原来在街边院中乘凉聊天的大人们,赶紧回房去,捻熄了灯,或者把特别为空袭缝制的灯罩放下来。

黑暗中有强烈的探照灯四处梭巡,和警报断续的声音混合在一起。孩子们忐忑地依靠在大人身边,偷窥着探照灯转过时那忽然显现的瓦房、树木,以及大人们照旧聊天的若无其事的表情。

空袭警报像心脏的脉动一样,从突然紧张的断续到持续绷紧的高音,到逐渐弛缓,恢复到一切无事的平静。

我始终没有看到敌人,却一直在生死的威胁中活着。

因为空袭的防备，因此，每一家都必须挖掘防空洞。防空洞由当局配给钢筋水泥的圆形掩体，上面覆土，种植各种植物。

没有敌机来袭的情况渐渐久了，防空洞上的芙蓉花一年四季开开谢谢。防空洞里又变成了豢养鸡鸭的圈舍。偶然还有一两次空袭演习，警报声依旧从紧张的断续到逐渐弛缓，我和母亲拨开开到繁盛一片的芙蓉花，到防空洞内寻找鸡鸭私自藏匿的蛋。

战争好像被一种定居下来的生活的秩序驱走了。

母亲一边摘防空洞上的野菜，一边告诉我，当初王宝钏苦守寒窑十八年，就是靠吃野菜活下来的。

野菜开红黄色小花，蔓延得很快。母亲摘下后晒干，用水洗净，再烫过一次，加醋、酱油、辣椒即可吃食了。

野菜并不见得好吃。可是母亲口中的武家坡的故事使我着迷。从相府千金落难到寒窑中吃野菜，王宝钏的十八年是人活着尚有做人的本分。

母亲说她曾经在小时候去过武家坡，仍然看到王宝钏当年住的寒窑，寒窑上也仍然插着她挑野菜用的铁铲。铁铲看来随意插在土里，上前摇一摇，却如铸在土里一样，怎么也摇动它不得。

母亲口中的故事真真假假，我后来长大，逼问她是否真的摇动过那铁铲，是否那铁铲真的一动也不动。她还是毫不犹豫，一口咬定那铁铲当真一动也不动。

"我还进窑门内去看了一看，墙上挂着王宝钏的画像，哎呀，吃野菜吃得肚皮都是绿的。"

母亲口中的故事伴随着我度过了物质匮乏的五十年代。她的故事也从不容反驳追究。她的荒谬似乎反而是因为那么坚定地相信着生活中有一种道理，做人有做人的本分，就像王宝钏的铁铲一样，一动也动它不得。

二十世纪五十年代到六十年代，大家都说那时的台湾真是穷。但是，也许因为母亲吧，我感觉着一种富裕。富裕是因为生活中有期待，有信仰，有还可以活得更好的努力与上进，有人之所以为人的不可动摇的自信与尊严。

当然，生活真是艰苦。劈柴生火，烟呛得泪水直流，兄弟间也从打闹玩耍中逐渐学会了把炉子生得旺盛而无烟。

后来卖炭的街角老头改做煤球了，一落一落有圆孔的煤球堆放在屋檐下。我从学校回来，吃完饭，最重要的工作就是换煤球。用一把铁钳插进圆孔中，把已经烧完却还火红的煤球钳起。因为煤质很松，所以生怕夹碎了，总是战战兢兢，好像在教堂中做庄严的仪式，把用完的煤球护送到门外，用来填平下雨时会积水的坑洼处。

做煤球的街角老头因为各家换装了瓦斯而消失了。

换装瓦斯的头几年，大家都很兴奋，也没有人注意到街角老头的消失。有一天母亲忽然提起："那时候煤球钱总要赊欠他十天半个月。"我才觉得他真的是消失了。在一个繁荣起来的城市，在大家急忙赚取物质的时代，他在街角简陋的瓦房也已改建成高大的玻璃帷幕的大楼了。

家境好转之后，我终于在大学毕业后要求家里让我修习自己喜欢的艺术史。

有几次带母亲到台北故宫博物院去参观。她听我一一介绍绘画，也很惊讶儿子的好学吧。走到展示瓷器的一间，看到清代乾隆年间的一批斗彩的瓷碗，她忽然安静了一下，随后又笑了起来。她跟我说："这些碗，以前家里一柜一柜的，你外婆发脾气的时候就拿几个来摔在地上。"

母亲是外婆的独女，谈到外婆，她总有些黯然。外婆在西安过世的消息传来，并不拜神的母亲在华严莲社做了一堂佛事，不眠不休地折纸钱，匍匐在佛殿上号啕大哭，我只听到她自责的"不孝"二字。

母亲从繁华到赤贫，她对我学的艺术有一种不屑。我从艰困的童年到今日台湾如此繁华极盛，也有怅然若失之感。看到更年轻一代沾沾自喜于台湾的富有，总觉得使人捏一把冷汗。战争使人经历毁灭，思考毁灭，也对自己现在的繁华觉得只是无常。

但是无常之中，还有王宝钏十八年挑野菜的铁铲，母亲永远相信它一动也不动地端端立在寒窑之上。

我相信自己身在南朝，一切繁华其实都如浮沫。但是终究是母亲口中的故事使我相信南朝也自有一种端正，在寒窑之上，四十年来，一动也动它不得。

夕阳无语
——敬悼台静农先生

二十世纪七十年代以前,我对台静农先生是十分陌生的。那时台湾的文艺在政治钳制下,三十年代大部分的作品都被列为禁书。在偶然机会中借阅到鲁迅的《呐喊》《彷徨》,我就手抄了其中几个短篇。以后又读到老舍的《骆驼祥子》以及《纯文学杂志》选载的沈从文的《边城》。当时所知道的三十年代文学大概也就仅止于此了。

一九七二年我赴欧洲读书,开始有大量机会在巴黎的图书馆借阅中国近代的文学作品。甚至以文学为基础改编的四十年代的电影如老舍的《我这一辈子》也都在电影图书馆看到了。

以后,我完整地看《鲁迅全集》,就在他的杂文、札记、书信中陆续读到"台静农"这三个字。

鲁迅集子中看到的台静农，是一个才华极高的文学青年，创作了一些不同于流俗的落实在现实生活中的小说，有着来自泥土的朴拙及对低卑生命的关怀。鲁迅集子中的这个文学青年又似乎不只是关心文学。他满腔热血，和志同道合的朋友组成"未名社"，参与《莽原》杂志的编务，译介外国文学，从事创作，并且，因为理想的坚持，在那政治迫害的年代，数度被诬下狱。

一九七六年我回到台湾，不多久，台静农先生早期的小说在台湾重新刊印出版了。事隔半世纪，台静农先生与他的同代人所努力建立的文学理想与人的生存尊严，再一次在台湾酿成运动。七十年代后期，随着静农先生小说集的出版，台湾一群思考文学与社会关系的作家自发地汇成一种反省的力量。广义的"乡土文学运动"从现代诗的检讨与反省开始，陆续扩及不同领域的艺术。"乡土文学运动"从自发的文化反省演变到悲剧的政治事件，从文学本身而言，似乎流失了大批优秀的作家，从社会催化的角度来看，却吸纳了更多在各个层面强大的助力。

然而，文学在社会中究竟扮演了什么角色呢？

重读静农先生的小说，看到他早年那么锐利的文学创作却在盛年突然中断，一个狂热追求文学理想，数度因为文学刊物而出入牢狱的青年，他的创作戛然而止，究竟透露着什么样沉痛的讯息呢？

我阅读着静农先生重新出版的半世纪前的旧作，遇到刚刚从高雄政治选举中回来的朋友，他激切地告诉我群众的力量，以及社会转型时知识分子的取决与定位。这位曾经以极动人的笔触细细刻画了他的家乡的作家，这位借由文学作品第一次呼吁关注家乡居民低卑的生存处境的作家，他激切地、结论式地说："文学真是没有用！"

是的，台静农先生在盛壮的年龄戛然中断的文学生命，半世纪以后，重复发生在另一群优秀的台湾文学青年身上。

文学究竟扮演着什么角色呢？我仍然深深困惑着。

我在大学里兼课，课余和好友庆黎、万国一同到兰阳平原和基隆河河谷的几个矿场去做田野调查。猴硐、贡寮、瑞芳，煤矿区的生产不复往昔盛况。白天我们和矿工闲聊，夜晚在小小的旅舍讨论一日的观察，也争辩对观察所得的分析。

文学与社会的互动我仍然在懂与不懂之间。但是愿意听到诚恳激动的言语，愿意看到年轻闪烁着天真理想光彩的面容，如同静农先生在《建塔者》中描述的青年。有人在矿工窘困的生活前落泪，有人在矿工窘困的生活前大声疾呼，有人在矿工窘困的生活前特别安静深沉。此后二十年，大约便是继续看着这些落泪的、疾呼的、安静深沉的如何使他们的落泪、疾呼和安静变成一种工作——持续不断的、为之生为之死的工作。

这些琐细的近二十年前的琐事常常纠缠着当时耽读的静农先生小说中的人物，挥之不去。

然而我尚未见过台先生，只知道他在台大。

一天偶然经过一家裱褙店，看到橱窗中悬挂着一副对联，字体盘曲扭结，仿佛受到极大阻压的线条，努力反抗这阻压而向四边反弹出一种惊人的张力。笔画如刀，锐利地切割过茫然虚无的一片空白。我一下子想到李白《行路难》中我甚爱的一个句子："拔剑四顾心茫然。"

生命的困顿、沮郁、挫折，理想幻灭后的自苦，像虚空旷野中狼的嗥叫，凄厉尖锐，却又连回音也没有。

燕子来时，更能消几番风雨。
夕阳无语，最可惜一片江山。

这是我第一次被静农先生的书法震动了，也是第一次如此清楚地感觉到中国书法成为一种美学的理由。经历数千年，这一迭经困顿的民族，不是不断在书法中寄托着生命的悲苦与喜悦吗？文学、戏剧、绘画似乎都更具体有形，在政治禁抑的年代，倒是解脱了一切形似的书法在点捺撇画中全部展露了中国士人的愤怒、不屑、悲哀与伤痛吧。苏东坡四十六岁"乌台诗狱"后流放黄州的《寒食帖》成为苏书第一，不过也只是东坡死而后生的另一种生命的坚持吧。

书法是隐晦，书法又是锐利的批判，作为一种美学，它常常在政治的禁无可禁的年代，自在点捺撇画中留着生命的墨泪斑驳与如刀的剑戟锋芒。

之后《雄狮美术》整理在台湾的前辈书画家，我就推荐了台静农先生，并且搜集了他所写的有关书品画论一类的论述文字。台先生的论文并不多，但少数的几篇大大改变了我过去对台湾学术论文的偏见。台先生论文绝不只在引证上堆砌卖弄，相反地，他的论文总是纠结着生命的理想，使人觉得是在理解一个古史资料，却又仿佛就在读着现代。《由唐入宋的关键人物——杨凝式》一篇便是极好的一例。从史的角度，这篇书法史的论文抓住了唐代美学过渡到宋朝四大家的关键，而且，杨凝式在五代乱世之中，个人的生命借由书法完成，台先生在行文中有一种痛入心髓的体会。台先生借中国神话中的人物哪吒的故事来寓意艺术生命的自我完成与自我超越，因为哪吒在叛逆一切之后必要"割肉还父，剔骨还母"才有此后莲花化身的复活的哪吒真身。

读完这篇论述，我很想去拜望这位前辈了。

《雄狮美术》上讨论台先生书法的一篇文章发表后，我接了东海美术系的工作，一时忙起来，没有机会去看台先生。不多久却在台中接到台先生寄赠的书法：一件中堂，写的是《石门颂》；一副集宋人词的对联：

鸿雁在云鱼在水，
青梅如豆雨如丝。

我匆匆回台北谢他，才第一次走进台先生在温州街十八巷宿舍的简朴书房。

台先生的相貌倒是与他的书法不同。他有一种宽坦平和的大气，待人特别从容自在，行书中顿挫奇崛的刚硬在生活中是看不见的。

此后我从台中北返，大都要到温州街十八巷台先生的书房坐一坐。他的书房很小，写字兼读书的一张书桌也只是一张普通的办公桌。我问他这样的书桌如何写大字，他自嘲地说，也曾经用活动栓键加了一块板，原以为撑开后面积较大，方便写字，结果并不好用，因此还是袭用老法，写一个字拖一下。

有一次他写了一张十二米全张的中堂，十分高兴，便唤我去看。把整幅字拉开，房间容纳不下，便拉开了日式纸门，一直展放到卧房去了。

有几位朋友随我去过台先生住处，在他简陋朴素的书房坐过，都惊讶于他在四十余年中如此读书、写字、做研究，大家都不敢再随便抱怨自己书房不够大云云了。

徐国士兄为台先生栽了两缸荷花，放在院中，有一段时间长得不好。我和几个朋友每年三月间就去帮忙下肥，用旧报纸包了鸡肥塞在荷缸内的泥污处。台先生怕麻烦别人替他做事，看着我们一手污泥，总是忙着端水拿毛巾。今年二月，我从贵州回来，知道台先生搬了家，又患了病，便去看他，也顺便带了鸡肥。下肥的事弄妥当，我在院中洗了手，上屋去看他，他已十分憔悴疲倦，身上穿了孔，带着管子，很不舒服，但仍招呼我坐，先感叹地说："不能再喝酒了。"接着谢我照顾荷花，若有所思地冒出一句："也好，再看一次荷花吧。"

台先生对生死看得很淡。数年前，台师母在台大医院去世，台老师在电话中告诉我细节，遗体随即在医院火化，亲友奠仪只收外函，现金全数奉还。台先生在电话中细谈师母病情及临终过程，语调平静，他似乎知道我关心，又不要我特别回台北看他，因此把事件说得特别平静仔细，情感至深，到了生死大限，仿佛也只能如此。

台先生在待人上的从容自在形成了一种美学，使我近几年在工作疲倦烦厌之时，特别想去他的书房坐一坐。他招呼我喝酒、看字画，谈一些近代人物光风霁月的事。他从不谈他的困顿挫折，我也立刻觉得个人的疲倦烦厌不能流为自伤自怜。

有时候在他的书房，恰巧人多，我便退到角落，细看台老师与客人的对谈。

有人说台湾光复后，台先生举家迁台，也有人说他是为了贡献教育于刚脱离日本殖民的偏远之地。台先生听了哈哈大笑，他回答说："实在是因为家眷太多，北方天气冷，光是一人一件过冬的棉衣就开销不起，台湾天气暖和，这一项花费就省了。"

又有人说五十年代初期台先生家门口总是有一辆吉普车，是否在监视他。他听了又哈哈大笑，摇着头说："不，不，我对门住的是彭君。"听者也哈哈大笑。

台先生与客人的对答常常使我忽然觉得是在读《世说新语》，南朝沮郁的年代，人与人的率性率情似乎也只是这样短简有一句没一句的机锋，各人有各人的了悟吧。

历史上许多真相往往隐晦不彰。一个年届九十的近代人物，他身上的历史真相，也许对许多人来说都是一个期待去探索的矿藏吧。然而，除了近代人物的光风霁月，台先生又从不愿多谈往事。他青年时代出入牢狱的事，我无一次问到，他也从来没有提起。在政治上受迫害的生命，往往终生带着政治的畸形活着。我痛恶政治对人的伤害，但是看到政治受害者一生曲扭地活着，也有一种心痛。台先生是极少数从政治的迫害中活出了自己的坦荡大度的一人，他在政治之外另有向往。他似乎也知道，被政治伤害的生命应当在更大的时空中被抚平，而不是永远活在人与人的猜疑、仇恨与斗争之中，不是为了反对政治的迫害而结果走到了迫害人性的悲惨之途吧。

对许多人而言，台先生也许应当留下更多早年政治迫害的资料吧，然而，台先生把历史的真相升高成为一种生命的美学。生命而没有了光风霁月的向往，生命而没有了美与幸福的期待，一切的斗争就将扭曲变形成可怕的自我伤害与对他人的伤害。台先生的重要不仅是前半生对外的斗争，也更是后半生内在的完成；台先生的作品价值也绝不止于早期的文学，而更是后期书法美学的完成。

然而，台先生对卑鄙的政治诬陷自然是痛恶到了极点。一次在晚餐席间，有人提及文化界一位擅长以政治诬陷栽赃他人的事例，台老师露出少有的不悦表情说："他也做这样的事！"

台先生无论闲谈或下笔论介人物很少有偏激刻薄的言语，何况谈的对象是晚辈，然而这是我看到他对人的最深重的一次不屑与厌弃。

一九八九年底，知道台老师一住四十余年的宿舍要被收回改建，心中就有些担心，毕竟是上了年纪的人，突然改换熟悉的环境也许是难以适应的吧。果然，年初搬家不久他就病倒了。病中他也总是撑持着与朋友寒暄，但是受病苦折磨，治疗的方式又颇使人狼狈，使一向洒脱自在的台先生感觉着尴尬吧。

最后几次去新搬的家看他，他已在断续的昏迷中，家人告诉我他常常昏睡着不愿醒来，必须不时把他叫醒。他的长子益坚兄一次引我到卧房，嘱我叫醒他。台老师从懵懂中醒来，认出是我，握我的手，忽然感慨地说："以前有四句诗，现在终于懂了。"他因食道癌恶化，发声很不容易，咿咿哦哦念了四句诗，我只听出是七言的，却一个字也听不懂。若是平日，我想一定会央他把这诗再说一遍，然而看他那么费力发声，要让我听懂，我也只有不断点头，似乎完全懂了，完全懂了，只希望他不要再那么费力，那么呕心沥血地把生命的伤痛与领悟说给我听。

台先生留给我最后的话语竟是我永远也解不开的四句诗，我应当追问，却没有追问，知道他已尽了全力了。

走在嘈杂混乱的街市中，很想绕到温州街十八巷他的旧书房再坐一坐。看院中阳光斜照在他简陋朴素的书桌一角，看他宽坦平和的神情，听他口中叙述的光风霁月的人物，没有特别的愤怒，也没有特别的忧伤。历史战乱过后，还要有对生命圆满的期望，南朝的困顿沮郁中，也要有一部《世说新语》记录着光风霁月的品貌人物吧。然而，温州街十八巷的旧居已夷为一片平地，只剩下一些残瓦碎砖了！

辑六

人　　　与　　　地

在一个巨大的不断替换外形的生命轮回中,原来自己是牛马,是猪狗,顷刻还要轮转成地上的蚂蚁、飞蚊、蚯蚓或水蛭。

可以用什么方法认识自己内在的卑微呢?

可以谦逊到认识自己所有如此短暂。

○

不只是财富、权力、爱与恨,也是这会悲会喜的身体,这满是爱欲与忧伤的皮肉与骨骸啊!

静浦妇人

仿佛有一个名叫静浦的小镇。

那些年我常常在岛屿上旅行,也常常选择往东部海隅去的那条路。

如果没有记错,静浦就是在那条从花莲通往台东的客运车中途的一站。

我下车以后,只看到一条简陋的街,一两间兼卖各种杂货以及理发的店铺,用红色油漆写着"静浦百货"。

我并没有特别的旅行目的和计划。大部分时间从一个市镇到另一个市镇,在街边食摊上与无事的镇民闲坐。他们有些好奇我外地人的口音和装束吧,但是一样递烟寒暄,谈起生活种种,告别时也照例祝福平安顺利。

我从车站对面一道水湾石岸一直走到海边去。

东部海边大多是嶙峋的岩石。粗粗劈出一些犷悍的形状，没有太多姿态的修饰，非常磅礴大气。

海洋的澎湃与岩石的雄峻使我有一点激动，但是夕阳如死，夏日最后惨烈的血红使我刹那静坐，觉得面前种种只是幻相，而一切颠倒梦想倒真是华丽灿烂。

我忽然想起"静浦"这个地名的含义。

从逐渐入夜的海边走回市镇。上涨的海潮在凹入的海湾里形成幽静的一片回流。潮涌的澎湃激烈被一层一层环绕的礁石海湾缓和，进入市镇的那一泓静静的浅水就特别澄明柔婉。不像海，有点像湖水的静定了。最初在这里定居的人不知道是不是也发现了海浪在此地歇止，在潮汐回环的静静的港湾搭屋居住，取名叫了"静浦"。

但是此地毕竟不能有繁荣的发展，中央山脉东向陡峻到海，在海边向上望就是笔直山峰，没有土壤的余地，可以耕种开发的腹地也非常小。

我在镇上唯一的一间元成旅舍歇息下来，坐在旅店门口与老板娘闲聊时，她就率直地表示对这样一种"没有发展的市镇"极度的厌倦与无奈。

老板娘三十几岁，有着明显的当地土著的五官轮廓。皮肤黝黑，深邃明亮的美丽的双眼。然而她抹了太多的白粉，劣质化妆粉成颗粒不均匀地浮现在黑褐色的皮肤表层。她也似乎比实际的年龄更多了一些粗糙的皱纹。

她的旅馆只有四个房间，是一幢窄小的瓦顶民房改装的。简陋地用夹板把原来不到三十坪的空间粗粗隔成四间，每一间摆置一张双人大床，堆着一堆不太洁净的土花布被面的枕头被子。我问她这小镇经常有过路住宿的旅客吗？她摇摇头，哀叹地说："多年来也难得有一个过路人啊！"

但是，如此这旅店如何经营呢？

我心里纳闷着。妇人已进屋沐浴去了。

夜晚时，妇人穿了红绿花的洋装。在袒胸的领口颈部搽了许多痱子粉。她端了圆凳坐在旅店门口，即刻就远远走来了一些兵士，和她攀谈嬉笑起来了。

盛夏酷热的暑气到入夜以后都没有消散。我在海边坐到深夜，回到旅店时，看到门口圆凳孤独地空着。

那一夜没有睡好。薄薄的夹板隔壁有着汹汹地震动。年轻的海防驻守的士兵操着南部土俗的语言,他的欲情中仿佛有婴儿索乳的狂暴与哀伤。而静浦的妇人那特有的土著的语音则使我想起她涂满了痱子粉的宽厚的胸脯,仿佛港湾可以回环缓和着汹涌激动的浪潮。

这是二十年前的故事,然而我常无端想起静浦妇人。

兰亭与洗衣妇人

西安一带是历史悠久的地方,因此到处都是古迹。三五百年的古迹都不算一回事,随处一所古迹,一上溯,都可以远到汉唐。

古迹太多了,当地居民似乎也有一点麻木。

"是啊,古迹太多了。"

一个省属的教育专员喝了辣烈的西凤酒,红方的脸庞有一种唐代侠士的大气。他说:"随处挖一挖就碰到了古迹,真是麻烦。"

"麻烦?"我不懂他的意思。

"是啊!一挖到古迹,立刻得呈报文化单位,工程就要停止。"

再喝多了酒,他就在酒楼上放低了声音,告诉我某某学院师生自力修建运动场，一挖就挖到了古迹，进去一看，有巨大的碑碣，是一座唐代大将军的墓。大伙一商量，如果呈报文化单位，运动场就要报销，于是，一不做二不休，连夜就填土掩埋，石碑也砸了，一座唐代古迹就此消失了。

我摇头惋惜。

他哈哈大笑，斟满了西凤酒，连连催促："喝酒！喝酒！"好像我对历史的惋惜也只是一种忸怩小气。

在西安多待几天，其实也就懂了这位专员的豪迈大气的基础。

看惯了历史兴亡的族群，有时候对兴亡自然有一种冷漠。那冷漠是可以把创造与破坏，把繁华与劫毁看成平等吧。

在西安老街上走走，看到老式房子不免还是有一种流连。有时走去看一看雕花的窗棂，有时看一看门前雕饰精细的石鼓。老房子大多有很高的门槛，也许现代化以后，许多家都有了摩托车吧，可能进出门槛很不方便，我就发现好几家的门槛两边都斜跨了石板，可以推摩托车进出。石板很厚，我走近细看，是打断的残碑，上面雕刻的书体斑斓秀美，也有细致的花纹装饰。

我再细看，屋里响起摩托车轰轰发动引擎的声音。我赶快装作无事走开，摩托车碾过石板，轰轰扬长而去。

老庄讲"无"，释教讲"空"，似乎都不如在劫毁中最后对兴亡都无动于衷的冷漠更是现实的领悟。

传说王羲之在南朝的春天喝醉了酒，信笔为文，流传成为有名的《兰亭》。《兰亭》到了唐代，由于太宗的赏爱，成为稀世珍宝。据说《兰亭》遗命陪葬昭陵，人世间不具真迹，连唐宋的摹本，石刻拓本都成为文人收藏的珍贵对象。一位一生寻找《兰亭》的文人，一日走到定武州，在河边看妇人在石板上搓洗衣裤，文人看到石板残留文字，走近细看赫然是最好的《兰亭》石刻，不知何时战乱劫毁，流落成为村妇洗衣的石板。

这是有名的定武本《兰亭》的民间传说，不知是真是假。但是在关陕一带走走，似乎对这种传说另有一种领悟。帝王文人的稀世珍宝竟也可以只是河边浣洗衣物的妇人实用的石板。

只有在这样兴亡交替、人对兴亡都已经麻木的地方，可以有文人对古物的怀旧惋惜，也可以有民间妇人对古物的不屑吧。

那一天，我从西安的南大街一路走过母亲的故宅，宅邸早已夷平，盖了几百户公寓，我就在路边摊上与不相识的人攀谈喝酒起来了。

花的岛屿

旅行中,有些地方使人紧张,有些地方使人放松;有些地方使人认真,有些地方使人悠闲;有些地方使人努力学习,有些地方却使人开始遗忘。

到印尼的巴厘岛,原来是有些计划的,想听一听传闻已久的甘美兰的音乐,想看一看舞剧。巴厘岛细密的绘画和在椰壳上的精工雕刻当然也在"想看"之列。

但是,在乌布村住下来,到处都是花,花在氤氲着热气的空中静静飘下,停在如茵的绿草上。有时候雨连绵不断地下,落在大张的荷叶上,滴滴嘟嘟,声音也很像甘美兰音乐的小磬小锣小鼓,一路叮叮咚咚,仿佛无止无尽的岛屿热带丛林的雨季。

我看花看呆了,就忘了最初为什么来到巴厘岛。

Unrelated to Time

花在空中，花在草地上，飘扬的花，静止的花。它们只是存在，不对自己做任何解释。

有妇人走到草地上，把落花捡起来，簪在发上；有男子经过，拾起落花，夹在耳朵上，或用花取悦女子，彼此丢掷嬉笑。村民也常剥新绿的香蕉叶，用刀剖成长条，编成手掌大的篮子，把花一一盛在篮中，拿到神殿中去供在佛前。

跳舞和演戏的男女，一身都是鲜花，用竹签把花串成项圈，围在胸前。

一个被花簇拥着的岛屿，花是爱，花是祝福，花是喜悦，花也是静静的哀愁。

我在村中路上无目的地走。一个兜售手工艺品的小贩一路跟着。他向我展示一件木雕，我摇摇头。他又从布袋中再拿出一件，我又摇摇头。走着走着，他忽然停住了。我回头看他，他又从布袋中拿一件木雕向我摇一摇，但不再跟上来了。我才发现，我已走进两座高耸的石雕神像，已进入神殿范围。我尝试再走两步，回头看这小贩，他依然和蔼地摇一摇手上的木雕，但绝不踏进神殿一步。

所谓神殿只是两座神像象征性地构成的一个范围吧，但对这小贩，却是不能随意亵渎侵犯的信仰的国度，他虽有急切的谋利的目的,但却不践踏这信仰。

旅行归来,我的桌上常常摆着那尊看起来并不好看的木雕,使我记起远处岛屿上一个小贩未曾丢弃的对信仰的敬重。

也许因为那么多花的祝福吧,岛上的村民可以不通过知识,却轻易拥有了智慧;可以甚少欲望,却拥有富足的信仰。

Unrelated to Time

佛在恒河

在雾中登船,其实是什么都看不见的。

但是,我仍知道在恒河上行舟。

连船头的船夫也在雾中。我借着一点水声分辨,知道的确是大河流淌,并非行于虚空。

瓦拉纳西,他们说,这是佛初转法轮的地方。

还有菩提树,还有菩提树下修行的僧侣,但是,很难想象——很难想象在树下静坐的悉达多太子,究竟领悟了什么。形销骨立,但是微笑着从树下站起,向众生说法了。

弟子们记录着:如是我闻——

如是我闻,我在瓦拉纳西的城中,看到如粪土垃圾的众生,拥挤着，依靠着，在污秽脏臭的街角，用泥土涂抹在自己身上。

他们和牛，和一些其他畜类挤成一堆。

人如何坚持卑微谦逊到视自己如一般的畜类？

牛马的卑微，不，虫豸的卑微。

我们役使牛马，牛马也许有稍许的不驯，便遭棒打鞭击和唾骂侮辱。

我们对虫的唾骂侮辱却并不明显。因为它们卑微到我们甚至意识不到它们的存在？

人，也可以这么卑微吗？

在一个巨大的不断替换外形的生命轮回中，原来自己是牛马，是猪狗，顷刻还要轮转成地上的蚂蚁、飞蚊、蚯蚓或水蛭。

可以用什么方法认识自己内在的卑微呢？

可以谦逊到认识自己所有如此短暂。

不只是财富、权力、爱与恨，也是这会悲会喜的身体，这满是爱欲与忧伤的皮肉与骨骸啊！

Unrelated to Time

因此,在泥泞中和畜生依靠着,挨挤着,用泥污涂满身体。

导游和我说:"你上前去吐唾他们,他们也不会在意。"

我何曾真正理解:修行的内在竟是如此承当苦难与侮辱。

那么,从菩提树下走出的修行者,竟不是我审美中光华灿烂的觉者吗?

雾在晓日初升中渐渐散去了。

我看到船舷两边有猫狗的尸体漂浮着。在水中泡烂,腹部鼓胀,很难看的死相。发着臭味,随波逐流。

我看到在岸边烧剩的人的尸体,连同熄灭的柴架一起推入河中,焦黑的头骨、断肢便在船边随浪起浮旋荡。

船中一名女客脸色发白,频频呕吐起来。

船夫仍无事般把船划向大河中流。

其实在众生死尸中,的确有不知何处漂来的莲花,淡紫、粉红和尸身一同浩荡流去。

雾散清明之后，河岸两边有人群滃集而来，洗身沐浴，用河水漱口解渴，把隔夜尸床陆续推入河中，也抱着新生婴儿在河中洗礼，把啼哭婴儿高举给高高的朝阳来祝福。

我合十敬拜，仿佛初次听佛说法了。

阿西西的芳济各（一）

阿西西城（Assisi）从罗马往北，在朝向佛罗伦萨的中途。在车中懵懂醒来，干燥的暑气中有一种橄榄树林密密的香气。我从车窗望出去，果然是一片橄榄树林，葱绿色向四面伸展的枝叶，在几乎静止的风中轻轻上下颤动。

"阿西西！"有人这样说。

我看到四五百尺高的一带岩石丘陵起伏在橄榄树林田野的尽头。这应当就是有名的苏巴西奥山了（Mt. Subasio）。在艳蓝的天空下，苏巴西奥山和整个以岩石砌成的阿西西城看起来都有一种淡淡的粉红色。好像是正在流逝的夕阳的光，幻灭而且短暂。但是，后期哥特式严峻的建筑形式又极稳定，努力结构出信仰的庄严。

"所以，生命的短暂幻灭中是可以保有永恒庄严的信仰的吗？"在一步一步走上阿西西城的石间小路时，我这样无端玄想了起来。

其实，大部分走上阿西西城的人都是为了来探望圣方济各的故乡，来走一走他走过的石板小路，来重新想一想生命短暂幻灭中庄严信仰的题旨。

那个后来被冠上了"圣"名的芳济各（Francis），原来只是阿西西城一名经营绸缎庄致富的商人之子。他也曾经吃喝淫乐，过城中青年人习以为常的放逸散漫的生活。偶尔有中世纪苦修的僧侣路过阿西西城，因为禁欲饥饿倒在芳济各家的门口。富商之子芳济各从狂欢的晚宴中走出，垂顾躺在门口奄奄一息衣衫褴褛的僧侣。他不明白人何以会贫穷受苦至此，便嘱咐仆人给僧侣食物和衣服，给他可以休憩安眠的地方。

那也许是年轻的芳济各在自己的幸福、富有、安逸中第一次省视苦难、贫穷与禁欲的力量吧。

但是，他一定是非常健忘的。他即刻回到了灯火辉煌的中庭，在那里有他眷爱的女子，有他亲密的伙伴，有丰盛的食物，有炽热的火光，有使人晕陶的美酒，有华丽的珠宝和丝绸，有灿烂而激情的青春的爱恨。

后来发生了战争，芳济各在军中一段时间，看到屠杀，看到奸淫，看到抢掠，看到残断肢体的兵士惨苦地呼叫。

Unrelated to Time

芳济各变了。从战争中回来的芳济各常常一人走到苏巴西奥山的孤独之处沉思。他忽然记起多年以前那扑倒在地上的苦行僧侣,他忽然记起那瘦削坚毅的面容,在告别时在他额上的亲吻,并且说:"愿你心灵富足。"

"心灵富足?我心灵不富足吗?"芳济各苦思不解,他环视自己一身华美的衣物,丝绸、珠宝镶的剑饰、银制的鞋扣。而后,是那扑倒在地的苦行僧坚毅的面容:"愿你心灵富足。"

据说,从山上下来的芳济各,在阿西西的广场把衣服脱得精光,赤身露体,开始说起基督《福音书》的句子:"贫穷的人有福了……"

这是阿西西的广场,只是攀往更高的圣方济各教堂的起点而已,在这里,芳济各把所有的衣物还给了父亲,孤独地走向了他苦修的道路。

阿西西的芳济各（二）

阿西西是一个山城。山路攀爬在不同高度的丘陵棱线上。一步一步走上去的旅客，往往因为气急，很快就觉得累了，喘吁吁地坐在山路旁石砌的短墙边休息。休息的时候可以看到远近四处翁布里亚省（Umbria）的平畴原野。苏巴西奥山的高度恰恰好是一个适宜于沉思的高度，太高的山使人觉得险峻，直上插云的峰顶，也就看不见人间了。但是丘陵的高度正可以俯瞰人世。原来自己身处的尘世，一一皆在脚下。有了一点距离，可以思考反省，可以指点来历，也可以豁然开朗。

据说，最早走向信仰的芳济各，并没有建立教派的意图。他只是喜好一人沉思，孤独地在苏巴西奥山的隐僻处所冥想生命的道理。原来和他一起嬉戏游乐的青年伙伴，也有人好奇于他的孤独，好奇于他在山林间的沉思冥想，逐渐聚集在他四周，和他一起俯瞰灯火辉煌的阿西西城的繁华若梦，彼此会心一笑。

Unrelated to Time

芳济各在城中广场脱光衣服,把一切还给父亲时,震惊了许多平日和他一同嬉乐的富家子弟。而如今,他与这些伙伴出走在山林旷野中,他们拥抱麋鹿,他们低声向野地里的百合花说话,他们仰望天空飞鸟的喜悦,他们俯身吮饮泉水的清洌甘芳。

阿西西的芳济各变成了中世纪后期最大的教派,他信仰简单、朴素,他信仰善良、单纯,他相信物质的放弃便是心灵富足的起点。

他在信仰的初期只是重新在苏巴西奥山的自然中沉思阿西西城的意义。他盼望使自己恢复成一朵花,一只空中的鸟,一洌清泉无所执着地流去四处。

但是阿西西城的芳济各变成了"圣方济各"。从四处来的信徒渴望从他口中听到只字片语。从生活的贫穷、痛苦、绝望中来的信仰者,渴望在他身上看到神迹,渴望依靠一两滴神迹般的雨露便治愈了他们心灵的贫穷、痛苦与绝望。

圣方济各变成了最大的教派,要有人管理组织,分配数以千万计的人食宿的问题。各处捐献的款项必须用在最不被人诟病的地方。

圣方济各越来越常到苏巴西奥山的最高顶峰去了。一个人在那里数日禁食,不言不语,只饮清泉之水。山下群众越聚越多,他们要求神迹,要求教派订定精确的宗旨,要求有管理的戒律,要求对教派叛逆的徒众施以酷刑。

神迹终于发生了。在一个雷雨交加的夜晚过后,在山上独处的圣方济各被发现晕死在一片岩石的高台上。他的双手双脚都有钉痕,骨肉碎裂,鲜血淋漓,他的肋下,也和耶稣受难时完全一样,有长矛戳刺的伤口。他在孤独沉思生命之道时,耶稣把身上所受的五处伤痕显圣在他身上。西方的画家都爱画这个题材,叫作"圣痕显现"。

但是,走下阿西西城,遇见一位和善的修士,他和我谈起圣方济各对二十世纪七十年代欧美反战及反体制的嬉皮运动的影响。走过一片玫瑰花丛,他忽然说:"你知道,圣方济各在初修道时,不堪欲望之苦,夜晚脱光衣服在玫瑰花中滚翻了,以花刺制欲。这片玫瑰,因此以后都是没有刺的了。"

Unrelated to Time

天籁唱赞

达邦是我常常去的地方。早些年还需要办甲种入山证，现在则更方便了。从嘉义车站搭客运车，往阿里山的方向，上山不多久在一个叫石棹的地方右转即可直达达邦。

有几次和学生同去，参加在特富野和达邦的邹人祭典。我们在石棹下车，一路走进山去，春天盛放的山樱沿路开满，我们就在花树下用餐和小憩。达邦在众山环抱的一片山间平台上，居民不多，四处散置的房舍自然围成村落中央一片平旷的广场。

从村落后方可以下到溪谷，雨水多的季节，溪谷有急流湍瀑，干旱时节则是裸露巨大石块的河床。在万山环抱的深山台地上形成的族群，与外面的交通不便，自然发展成了达邦文化上一种单纯独特的性质吧。

从我接触过的台湾少数民族来看，达邦的邹人和兰屿的雅美保有比较未受干扰的文化单一性。兰屿后来由于观光的高度发展，部分地区也发生了较大的变化，倒是达邦，始终相当纯净。

达邦邹人在种族特征上也给我深刻的印象。他们的轮廓五官似乎比一般台湾少数民族更深邃沉静，尤其是一种近于孤独与傲岸之间的神情，使我直觉上觉得这是一个值得敬重的种族。

一般说来，近海域的台湾少数民族似乎在艺术的表现上较华丽浪漫。深山里的邹人在图绘与雕刻上我都没有找到特别多的表现。因此，最初几次与学生同去做田野调查，感觉上会自然而然以雅美人富丽的船只彩绘、阿美人的服饰或排湾的雕刻来比较邹人，甚至要误以为这是一个朴素平实到不擅长艺术表现的种族。

在祭典前的几个夜晚，因为与村落里的居民熟了，我们陆续参加了他们村落中为祭典准备的一些仪式。仪式中属于造型美术的部分还是比较少，色彩、造型都谈不上太丰富。但是，一看到他们围成圈、行走舞动时的歌舞，我们都有了不同的观感。

邹人祭典中的歌舞是异常庄严的。与我参加过的一些其他台湾少数民族祭典中的喜悦、狂欢的情感都不太一样。歌声和舞步的变化其实不大,但是在一个极单纯的基础上不断复加和音的层次,使邹人的美学不求形式与技巧的多变,而更倾向于内在精神宗教性的庄严。

西方中世纪从哥特式教堂中发展起来的"格里高利圣咏"也有类似的表现法,常常是单纯的人声在一句唱赞中复加上不断的和音。

只有在宗教或信仰的仪式中,艺术的个人自我表现会为了完成更高的理想,使个人放弃自我炫耀,相反地,却以最大的虔敬把自我参加到更大的众人的合唱中去。

哥特式的教堂在造型上一直在寻找一个信仰的高点,是建筑的每一个局部努力在复杂巨大的结构中推出一个可以使众人仰望的塔尖。同样地,中世纪西方的宗教唱赞也在石质的教堂空间中寻找人声的最高和音。邹人的歌则是在万山环抱的自然中对天地祖先的唱赞,他们的歌声使人安静,使人坚定,使人重新有了对生命的信仰。

他们的歌,从一句独唱的导引,逐渐加入层次复杂的众人的和声,在万山中响起庄严的回应。仿佛要使人知道,好的歌声是人的肺腑与天的和音。

中国古代把歌唱分为"风""雅""颂"。风是民间的俚俗情感，雅是历史的叙事，颂就应该是初民在大地上对自然与祖先的唱赞吧。

"风"使人有多样人世情感的活泼，"雅"使人有史诗的薪传慎重。只有"颂"，应该是人对自身存在的感谢，对万物起端正敬重之心吧。

很可惜，在后来的历史中，"颂"常常被扭曲成政权的阿谀夸大或个人英雄的歌功颂德，失去了"颂"的原意。

没有了"颂"的庄严，其实"风""雅"的活泼与历史感也都可能流于轻薄或形式。

以今天的台湾来看，流行的俚俗歌曲往往连情感的缠绵坚持都没有，"风"的炽烈生命力已经萎靡不堪；至于传承性的史诗歌唱，经由政治的污染，成为使人厌恶的东西。从"颂"中重新整顿一种来自人最基本的内在庄重也许是今天"乐"教的急迫之事吧。但是，音乐又的确来自最不能掩饰的内在世界。功利、败坏、猜疑、萎靡的内在当然难以有洁净、光明、豁达、康健的歌声。

在万山环抱的达邦犹有台湾初民传来最美的"颂"歌，偶然听到，使人身心震动，真是久违了的人与天地的合唱。

在田野调查中，原来分配好了工作，有些学生负责录音，有些负责摄影，有些负责文字笔录，有些负责图绘。但是，在达邦祭典当天，大部分学生参加到歌舞的行列中喝了邹人朋友送来的小米酒，一一醉倒。

那是和学生出去做田野调查资料搜集最少的一次，但是，多年以后相聚，大家都记得那条盛放着山樱花的山路，以及在大山之间使天地都起震动的邹人之歌。

近半个世纪以来，台湾的少数民族在政治与经济两方面都不受重视。但是，没有被低卑的生活状况腐化的少数民族，反而能在孤独中保有人与自然最美的歌声、舞蹈与造型美术，提供给未来的台湾社会一种重新省视自己文化的机会。

在功利污浊的城市疲倦了，有时还是会一个人到达邦去住几天，重新听一听山川与可敬的种族的天籁唱赞。

分享神的福分

我在一个常年有戏可看的社区长大。演戏是为了谢神，所以戏台总搭在庙口，是演给神看的。百姓看戏，是分享神的福分。

那个社区叫大龙峒，在淡水河基隆河交汇的附近；那个庙叫保安宫，供奉的神是保生大帝。围绕着保生大帝的生日，一年总有好几个月都要演戏酬神，保生大帝又要与其他地区的神礼尚往来，迎送宾客，也都要演戏。一年中大大小小的节庆，上元、中元、端午、中秋，也照例少不了演一台戏。

戏台其实很简陋，用几根碗口粗的木桩横直竖立起来，上面铺上板，再围上彩绘的大幕，区分了前台后台即成。

大概按社区惯例，演戏总由当地较有声望地位的士绅和殷实的商家出钱，请一台戏班演出，因此，戏台上常常贴满红纸条幅，上面用墨字写出出钱士绅与商家的姓名，以及赞助的款项数目。

Unrelated to Time

在比较盛大的节日，或地方上特别富裕的年月，也许出钱的人特别多，有时就不止演一台戏。我看过一次三台共同演出的盛况，三个不同的戏班，在三个不同的台上，同时演出同一出戏码。记忆中那种兴奋已很难用语言形容了，只记得当时尚读小学的我，穿梭奔跑于三个并排演出的戏台下，看着大人们指点评论，比较三台的演出。不时有商家助阵，在红色彩绸上贴出数千元的现钞给某一戏班，便引起一阵骚动，燃放鞭炮之声不绝于耳，演员也使足了劲在台上唱作俱佳地演出。

我分享了那个年代神的福分。就在戏台附近的小学当然远不如戏台迷人。我常常溜出教室，跑到戏台前看戏，但是，也总免不了被邻居的欧巴桑看到，便严厉指责我不在学校上课，要告诉我母亲云云。因此，逃学去看戏，有时就不太敢到前台，蹑手蹑脚溜到后台，攀上梯子，趴在后台看戏成为与神分享的另外一种福分，当然，神的福分中也有酸楚感伤。

趴在后台一角，看到满头珠翠的旦角，刚在前台娇声娇气扮演傲气自负的千金小姐，忽然转进幕后，便匆匆解开领口，掏出乳房，抱起在地板上号哭的婴儿哺乳。婴儿安静地吸吮着母乳，千金小姐浓厚的油彩下看不清她真正的表情。她很快又放下婴儿，整理一下衣衫，依然娇声娇气婀娜多姿地出去前台演好她的角色。

我仍然怀念那个戏台，怀念那台前台后华丽与伧俗，喜悦与酸楚，现实与戏之间奇妙的混合，好像知道分享了神的福分，即是对人生中的富足有感恩，对人生中的酸楚也有敬意。

母亲的戏瘾也绝不下于我。她在陕西迷秦腔，在河南时迷河南梆子；到了大龙峒，生活的辛苦烦劳，也绝不会阻碍她和邻居欧巴桑一起拿了板凳坐在庙口看歌仔戏。

也许因为战乱的关系吧，在二十世纪六十年代左右，庙口的歌仔戏班中似乎也夹杂一些评剧、川剧、河南梆子的演员。民间的戏剧原有它活泼的一面，异乡流离来的武生，一时失散了班子，为了生活，寄托在歌仔戏班中，有的戏码本来也就相同，于是一出《白蛇传》白娘子、许仙都是歌仔戏，忽然到了"合钵"一场戏，跑出一个哪吒，出口竟是河南梆子的腔。母亲一时错愕，不知道是感触了什么，呆呆看着这仙界哪吒，身手不凡地翻滚，台下掌声如雷，对异乡武生也有支持鼓励，落难者也分享了神的福分。

也许是这些童年的经验吧，使我至今看到好戏，总觉得是在分享神恩。

神恩是知道了离、合、聚、散、喜、怒、悲、欢，都要有分寸。

Unrelated to Time

七十年代后期,刚从欧洲回来,常常晚上跑到中华路的文艺中心看戏,票价三十元台币,看了许多好戏,又是另一次福分。戏码有时是演了又演的《四郎探母》《苏三起解》,但是,演员知道分寸。那个四郎,与亲生母亲、妻子、弟妹分离十五年,生死不知,一旦母亲近在一夜之间即可探望的地方,思绪澎湃;那个公主,十五年来,忽然发现恩爱的丈夫原来是敌国的将领,有杀父之仇。我忽然意识到身旁看戏的老兵都陷入个人的迷惘中,什么力量使人与人阻隔,什么东西使人与人仇恨,使父子不和、夫妻反目?

戏台上的四郎与公主都有分寸,所以猜疑过后,争辩过后,人还是要回到人的原点。战争残酷,兵荒马乱,流离落难,但是人还要分享神的福分。

这些年,看戏看得少了,只是觉得有时候演员少了分寸,可以一开打,刀子掉了一台,演员无惶恐惭愧,还向台下观众做鬼脸,我就不再想看戏了。

戏和人生一样,总在一种认真,因为认真,举止就不失分寸。

顾正秋的戏,我总想看,觉得每次看还有一种分享神的福分的快乐。

好的演员,往往脱开了年龄、性别,脱开了现实中利害的纠葛，在舞台上形成一种品格。顾正秋的铁镜公主，在精明中有宽厚的悲悯，她大约早已猜到丈夫是国法不容的敌邦奸细，但是，人与人有恩有爱，正是要控诉那"法"的荒谬残酷吧。《锁麟囊》中的顾正秋，从繁华唱到幻灭空无，生命在一弹指顷看到了娇贵荣华竟都是虚罔，然而人世有恩，所以也还要同享神恩。《锁麟囊》中顾正秋的分寸在唱腔，也在身段。唱腔是声音的分寸，身段是举止的分寸。《锁麟囊》到了最后，恩人来拜，顾正秋几个后退辞谢的身段，是身段美的极致。年轻演员或许只能当身段看，但是历练了生命中的华贵与酸楚，对人世的大爱大恨坦荡之后，顾正秋身段的分寸其实是一种文化品格。

把身段提高成为一种美学形式，在顾正秋的《汉明妃》中特别可以看到。这出历来使好演员想要挑战的戏，从表面来看，昭君、王龙、马夫，三者在舞台上极高难度的唱腔与身段的错落，其实也可能是更深一层文化品格的探索过程。在某一个意义上来看，王昭君是对整个民族怯懦、政治怯懦的一种反讽。她以一个孤独女子的身段出走塞外，在苍茫的天地中回看家乡故国种种，千山万水，颠沛流离，王昭君的自我放逐，刚烈中有一种苍凉，是人生的坎坷里自己对自己加倍的珍重与坚持。

因为顾正秋的戏，觉得现实的慌乱喧嚣中仍有一种安定，知道即使在慌乱中也不能失了人的分寸。

一个优秀的演员,是一个漫长的美学传统源远流长的总结。有好演员在,舞台上有典范,同样,人世间也才有了典范。

Unrelated to Time

辑七

岛屿独白

沙隙间暗黑的水流,可能是一种独白,
一种失去了对话功能的独白。
独白,也许是真正更纯粹的思维。

○

在一整个城市要求着"对话"的同时,
我猜测,你的出走,竟是为了保有最后独白的权利吗?

独白

我坐在窗前,等待天光暗下来。我想,随着光的逐渐降暗,我的视觉也便要逐渐丧失辨认的能力了。但是,似乎这样的想法并不正确。视觉中有更多的部分与心事有关。可能是记忆、期待、渴望、恐惧这些东西吧。

如果能够去经验天生盲人的视觉,或许可以真正分辨"视觉"与"视觉记忆"之间的差别。但是,我已无能为力了。我闭起眼睛之后,我的"视觉"被众多的心事充满。仿佛如潮汐的泪水,逐渐沁渗在每一片极度黑暗的球体的边缘。这是一种视觉吗?或者,仅仅是我视觉的沮丧。

我的眼前,花不可辨认了,路不可辨认了,山,也不可辨认了。然而,我知道,那不只是因为光线降暗的缘故。是我坐在窗前,等待每一样事物逐一消逝的心境:花的萎败,路被风沙掩埋,山的倾颓崩解。在近于海洋的啸叫中,我们凝视着那一一崩塌毁灭的城市、帝国、伟人的纪念像种种。

在一个可敬的朋友出走之后，我刻意训练自己降暗视觉的光度。我想用晦暗的光看我居住的城市，仿佛在冥修中看见的诸多幻影（一般人都以为那如同魑魅魍魉，其实不然，幻影也可以是非常华美的）。幻影之于现实，并没有很清楚的差异。我们大都必然陷入幻影之中，是因为它几乎就是一种现实。嗜食毒品者在幻影中感觉着一种真实；嗜杀者在杀戮中感觉着一种真实；嗜夺权力者在胜利中感觉着一种真实；嗜欲爱者在欲爱的幻影中感觉着一种真实。为什么我要说那是"幻影"？毒瘾中沁入骨髓的快感，嗜杀中屠灭生命的快感，权力的争夺，财富的占有，爱欲的生死纠缠，在我居住的城市，即使我调暗了视觉的光度，我依然看到这诸多的现实，如此真实，历历在目，对我的"幻影"说嗤之以鼻。

报刊上今天以小小的一个角落登载了你出走的消息。我因此独自坐在窗前，静听着黄昏潮汐在每一片沙地中沁渗。有一种嗦嗦的声音，很轻很轻地渗透在沙与沙的空隙，好像要使每一个空虚的沙隙缝都涌进充满入夜前暗黑的流水。

沙隙间暗黑的水流，可能是一种独白，一种失去了对话功能的独白（但不要误会，绝不是丧失了思维的喃喃的呓语）。独白，也许是真正更纯粹的思维。在一整个城市要求着"对话"的同时，我猜测，你的出走，竟是为了保有最后独白的权利吗？

在某一个意义上,一个真正的作家(诗人、写小说者)是没有读者的。一个绘画者、一个演员、一个舞者,可以没有观众。一个歌手、一个奏演乐器者,可以没有听众。

我看到一个老年的舞者,在舞台上拿起椅子,旋转、移动、凝视。他在和观众对话吗?不,他只是在舞蹈中独白。

在修行的冥想中,诸多的幻影来来去去,盘膝端坐者,在闭目凝神中一一断绝了与人对话的杂念。

每一柱水中倒映的灯光,都是一种独白。它们如此真实,水中之花,镜中之月,指证它们是"幻影",也许只是我们对现实的心虚吧。

如果你是水中之花,你大约会从水中抬头仰视那岸上的真相;如果你是镜中之月,你也会从明镜煌煌的亮光中抬头仰望那天空中一样煌煌的明月,发出啧啧的赞叹吧。

那么,你的出走,究竟是一种真相,还是一种幻影?或者说,你代替我出走了。

我留在现实之中,你替代我出走到幻影的世界。当你笑吟吟从水面向上仰视的时刻,我必须微笑着告诉你岸上的一切,包括阳光的灿烂、风声,以及我在风声中的轻轻摇曳。

据说,记忆中所有前世的种种,都只是今生的独白,因此,宿命中我必然坐在此时的窗前,等待天光降暗、降暗。

台风

暴雨过后,岛屿的天有一种清明的蓝色,非常透明,映衬着轮廓鲜明的山脉。因为海洋的反光吧,岛屿的光线是非常复杂而且多变的。好像在岛屿的四周镶嵌了许许多多面镜子,海洋的透明的光,也从四面八方映照着岛屿的山水、建筑和人。

云在经过岛屿的时候,会有特别眷恋不舍的姿态,拖得很长,一丝一丝,在湛蓝的底色上的白色的云,有一种仿佛舞蹈的速度,慢慢经过这个其实一不小心就会忽略的岛屿。

夏季的时候,镜子的反光是特别强烈的,岛屿的四处,都明晃晃的,闪烁着不安定的光。光的游移,使人的视觉有一种恍惚,有一种介于华丽与幻灭之间的印象,有一种瞬间即逝的虚幻,但是,记忆犹深,仿佛是一个浮在空中在逐渐消失的岛屿。

伊卡有时候和他偶然相识的狗坐在高高的堤防上看傍晚黄昏的云。年老的人可以从晚云的色彩预测台风的来临。这个海洋中的岛屿，长期以来养成了对风暴的恐惧，因此，自然中许多征兆都是与台风有关的，诸如草茎的变化、云的色彩、夜间的月晕等等。

"云的边缘，有淡淡的血色，你看——"老人很耐心地指给伊卡西天上绚烂的晚云。伊卡其实不很分得清"血色"和"红色"的差异。他茫然地看看狗，狗却若无其事地转开了头。

关于台风来临的征兆，对伊卡而言，没有那么值得重视，也许是因为他不曾拥有土地、土地上的建筑、建筑中的家人和财物吧。伊卡想：台风究竟会使人有什么损失呢？

童年的时候，当台风来临，伊卡便和他的友伴雀跃起来。他们立刻奔进狂风暴雨的溪流中去，从高高的岩石纵跃入海，他们泅泳潜水，在急湍的漩涡中欢呼。

"台风会使人有什么损失呢？"

伊卡看着眉头深锁的忧伤的老人，他终于想起，一次剧烈的台风，曾经吹走了故乡河口整片沙滩地的西瓜。

"你种西瓜吗？"伊卡觉得可以分担老人的忧虑了。

但是老人摇摇头，一语不发地仍旧细细观察着晚云的颜色。

少年们是特别兴奋的。他们泅泳在许多漂浮在水面上的西瓜之间，西瓜有些还连着葛蔓，比较容易抓提。聪敏的少年便一手提着七八个西瓜，慢慢在急流中泅泳靠岸，在西瓜被拉到岸上时，少年便像捕获了大鱼的渔人一样，被人簇拥抬起，受到如英雄般的欢呼。

但是，大部分的少年是和西瓜一起在水中浮沉，风浪太大，西瓜在水中翻滚漂浮不定，若是连根蒂也吹断了，一个浑圆的西瓜，在手中是很难着力的。伊卡记得，许多少年便仿佛玩乐一般，努力骑到比较大的西瓜上，又立刻翻倒，可以在一整个台风的季节，渴望着再有一次西瓜田泛滥的盛况。

据说，那西瓜田是一个在北部都会的诗人最后的家产，伊卡他们便惶惶然打听了诗人下落。在杳无音信之后，这一群少年都有一点怅然，各自整理了行李，准备到都市中去就读或打工。

"台风在这个特别炎热的夏天是一定会来的。"老人有点沮丧的五官皱缩在一起，使伊卡也有一点难过，但是堤防上的狗不以为然地摇摇头。伊卡便勇气百倍地站起来,拍拍老人的肩膀说:"有人从大风大浪中拉起这么一长串西瓜呢!"伊卡用手比画着,他决定告别老人,他决定在恐惧的灾难来临之前,好好去跑一次五千米。伊卡便呼啸了一声,向堤防一端跑去,黑狗也迅速跟上,晚云的红色已渐渐暗淡下去了。

秋水

她觉得愉快,是因为这淡荡的秋天的水和秋天的阳光。

夏天快要过完的时候,阳光非常亮烈。在那样亮烈的阳光里,每一个人都觉得遗憾,遗憾到要叫起来,好像激情变成了一种痛苦。

城市里的人其实是不容易知道夏天的亮烈的。在城市里,阳光被四面八方的楼宇割裂成破碎的一小块一小块。亮烈的阳光被囚禁成一种苦闷的燠热。

"他妈的夏天!"他们擦拭着黏腻的汗垢,这样咒骂着。

然而,距离城市不远的河口,就有大片大片仿佛黄金的阳光,可以铿铿锵锵地摔响,人们走过,就像走在透明的金黄里。他们昂首灿烂地微笑,"好一个发光的夏天!"他们这样想。

因此，亮烈的阳光，到了最后几天，那些走在金黄中的人们，都有一些痛苦，他们仍然昂首面对金色的阳光微笑，但是笑声中有了哀伤。

伊卡在开满野姜花的溪流里，替母亲浣洗黑而浓密的长发。

"好像水中的荇藻和水草——"

伊卡让自己的手指停留在随水流去的发丛中，一绺一绺的长发，也很像一种灵活的鱼，在水流中纠缠荡漾。

母亲则微笑着。她平躺在溪岸浅滩的岩石上，让头发漂流在清澈的溪水里。她的微笑的脸，她的微微颤动的合起的眼睑，她的向后微微仰起的颈项，她的平缓呼吸起伏如山脉的胸部和乳房。伊卡轻轻在水中梳理着母亲的长发，她咏唱起部落的歌曲，赞美女子和赞美神的句子，仿佛母亲洁净的皮肤上流淌过的洁净的溪水，淡淡荡荡，是一片一片金色的阳光，玎玎玬玬流下去。

"秋天的阳光比较安静——"

当伊卡问起母亲微笑的原因时，母亲想了一想，这样回答。

她坐在一块平坦的岩石上梳理自己的长发。她看到伊卡在溪涧中的石块间跳跃，小小的臀部好像饱满丰硕的果实，她说："伊卡——"

伊卡回过头，咯咯笑了一回，又继续在石块溪涧纵跃奔跳。她觉得母亲很远很远，好像在山水中间，成为风景的一部分，好像岩石，好像大山，又好像溪水。

岩石、大山和溪水都一起叫唤："伊卡——"

母亲则的确感觉到秋天的水和秋天的阳光，淡淡荡荡，有一种悄静，也是金黄的，但是很沉清、澄明，一点也不喧哗。

她可以闭起眼睛，感觉到一寸一寸的阳光，在她额上、眉眼之间，随着一种喜悦的微笑，慢慢移动，慢慢消失。

她无端想起男人，那些从城市里来到大山间的男人，从陌生、惊慌、胆怯，到逐渐也可以脱掉鞋袜，在岩石间奔跑纵跳，并且笑得和阳光一样灿烂。

"他们是从城市来的男子，他们分派到这里服军士的役务——"有一次她这样向伊卡解释。

那些苍白、胆怯、戴着圆圆眼镜的城市的男子，露着有一点惊慌的眼神。

"没有多久,他们就会改变,他们会知道这可能是他们一生中唯一的一次美丽的假日。"母亲侧过头,和伊卡解释着。

"为什么?"伊卡仰起头,看到母亲淡荡的微笑的脸上有一些泪痕。

母亲不曾在伊卡面前掩饰过什么。她想起五六年前那一个从城市来的男子,白白的脸,腼腆的表情;她想起那男子瘦削似乎还未发育完全的身体。那躺在她的胸前,仍如索乳的孩子一般有一点饥渴、有一点喘息与悸动的孩子。

"你的军士役务只是一个离开城市的美丽假期吧!"母亲这样和城市里的男子说。那男子逐渐在大山间也增长了壮硕的体格,皮肤黝黑,他望着这山水间的女子微笑着。他以后回到城市,还是在匆忙的工作中偶尔想起那女子的美丽,仿佛秋天的水和秋天的阳光,淡淡荡荡。

岛屿南端

在阳光里泅泳,好像时间延长成一种很长的记忆,足够一生一世去反复咀嚼回味。

岛屿最南端的角落,因为有比较长的日照,在北部已经为秋天的云影笼罩时,仍然明亮如夏天。而且,因为乌黑浓厚的云都北移了吧,这南端的角落反而是更为澄澈透明的。澄澈透明的蓝色,使人觉得可以愉悦到发笑的蓝色的天空和海洋。

岛屿南端被海洋环绕的一个突出的半岛形状的海岬,大部分的高山在这里都逐渐平缓它们陡峻争高的奇险的姿态,有点像最美丽的女子的颈部柔和的线条,非常轻缓地逐渐斜向海洋。海洋也以和缓而不断的节拍轻轻迎接着岛屿的土地,"亲昵如性爱中的伴侣——"伊卡这样想。

仿佛因为海洋的富裕,土地也产生了热烈的繁殖,在岛屿南端日照最长的半岛上,生长着肥大而健康的植物、昆虫、禽鸟。

禽鸟野悍地捕捉四处蔓延的昆虫，常常可以看到低低掠空而过的一种鹰类，甚至抓起窜奔甚快的野鼠，急速升高，把野鼠从高空上摔在附近岩石的山冈上，然后静静停栖下来，静静看着那摊成一堆的野鼠的尸体，既无自傲，也无悲悯，鹰类只是冷静地窥伺着自己的猎物。长蛇在盛开的花朵间游走，它们斑斓闪烁的身体，和花一样艳美华丽，仿佛一种夏日的渴望饱熟到成为有毒的气味。它们又是特别安静的，美丽和一种致命的死亡，使它们来如君王，去如鬼魂。

剑麻是一种仿佛剑戟的植物，以全部尖锐不妥协的方式活着，抽出很高很高的花茎，在蓝色的南端岛屿，到处都看到剑麻花繁殖的欲望。许多的蜻蜓，在雨前雨后飞在空中；许多的蝴蝶，在每一朵花中钻动，使一个夏季的生命都有了结果。刚刚出生的蝎子，很努力地螯住一只蜥蜴，它们头尾相衔，都要置对方于死地。伊卡静静看了一会儿，就走开了。

午后暴雨顷刻使整个天空从澄蓝变成乌黑，一种闷闷的雷声在云块中翻动。海洋如死，而后雨声来了，沙沙沙追过所有的雀榕和木麻黄，追过大片大片炙热褐黄的沙地。泥土中翻腾起一种新鲜的土腥气，仿佛新斩杀的牛的肉体，一种热腾腾的饱熟的气息，是古代杀牲献祭中的气味吧，使人亢奋、悚惧，使人惊讶于生命原始中的洁净、纯粹。

"我七岁就在这片海洋中泅泳了。"他笑着说。一个纵跳，蹿跃进狂风暴雨中的波涛。

Unrelated to Time

许多岩礁形成一片海岬，礁石之间不断有海浪涌进退出。漂浮的海草，紧紧攀爬在岩石隙缝之间。于是，它们随着水潮的涌进退出，泼洒流动着如女子长发一样的身体。

礁石非常锐利，加上蔓生着海蚵和贝类（它们的壳也都尖硬如刀），行走在上面，一个闪失就鲜血淋淋了。

但是，他迅捷如一头豹子。

他从浪中蹿跃而起，他大声向岸边叫道："伊卡——你多久没有来岛屿的南端了……"

其实，暴雨是非常快就过去了的。几乎可以用肉眼看到一大片带着浓厚雨量的黑云，迅速在天空上移动，移动到海面，移动到更远的山头。于是，在大雨中被冲刷的身体，一身仍滴着水，天空已经晴了，热烈的阳光和蓝色得更透明的天空，都使这个人觉得刚才似乎只是一个梦。但是，身上又的确湿透了，还滴着水，他于是只好摇摇头，告诉自己方才并不是一个梦。

听到一种嘈杂的声音，伊卡看到岸上马路有挂着奇怪牌子的车走过，伊卡说："好像要选举了……"

那男子又纵跳入海。"他真的像他说的，有一个夏季，在深海里活活咬死了一头鲨鱼？"伊卡觉得这是一个不可思议的故事。

领域

在岛屿四周的海域，大群繁殖的鱼类使深邃幽暗的海洋，仿佛一座华丽的花园。

他沉潜到最深最深的海底，在嶙嶙礁石之间，在鬼魅般的贝类生物和甲壳类生物之间，他沉潜着，好像婴儿沉眠在无记忆的状态，没有梦，没有往事，没有联想，也没有牵挂。

他甚至不知道在岛屿四周巡弋海域的意义，虽然，严峻的长官不时要告诉他有关巡守疆土的重责大任。

"我在最深最深的海底，但是，我接触不到海，我仿佛一条鱼，被装置在真空的透明箱中，然后再把箱子沉入海底。伊卡，你以为，这条鱼，还算在海中吗？"

伊卡阅读着那工整的文字书写下来的句子，他和身边的女子说："这是一个奇怪的小子。"女子并没有回答，仍然沉湎在她自己的发呆之中。

"他说，他的潜艇在岛屿四周巡弋了一个月了。"伊卡想象着一条鱼在透明密闭的箱盒中浮游于海底。

"我睡眠的空间有三十几厘米高——"他这样叙述着，"我甚至看不到海，大部分时间是在真空的黑暗中。我必须完全依靠听觉来判断海洋的变化，来感觉海洋，感觉海洋深处的无限温暖、无限宽广和无限恐惧。"

伊卡其实不了解这个被称为"小子"的朋友。但是他喜欢阅读这个"小子"从不知名的各个角落寄来的信，用很工整的字迹写成的许多读起来似懂非懂的句子。

"他很孤独吧——"女子把信丢回给伊卡。

"是吗？"伊卡还是不能判断。他不了解"小子"在青少年时代为什么那样杰出优秀，几乎是部落少年们的英雄，包括他的俊美，他在打球时神奇的体力和技术，包括他君王般的气度，包括他醉酒后美丽的歌声和他沉酣中婴儿一般的面容。

"每一位女子都想把那样沉酣的少年的俊美头颅搂抱怀中啊——"

"而且——"伊卡说,"他似乎也轻而易举地进入城市,进入最有名的高中、大学——"

"那他怎么会跑到潜艇上去?"女子问道。

"为什么?"伊卡摇摇头,"不知道。"

没有人知道"小子"为什么在大学二年级读完,忽然离开了大学,失踪了一段时间,以后伊卡就接到他从不同的地方寄来的信件。

"我不能了解巡守疆土的意义。我甚至——无法认识长官口中所说的'国家'。然而,我在岛屿最深的海底,被许多许多海流包围着。我几乎可以用越来越敏锐的听觉知道它们的秩序、节奏。它们也清楚地让我进入它们最深的内在,纯粹、透明,非常有纪律。它们回环着岛屿,它们从地理的意义上深爱着岛屿,彼此依靠着。你知道,伊卡,海洋上的岛屿,事实上,只是一个被掩盖了大部分领域的一些突起的部位,你应当看一看海洋覆盖下真正的岛屿,它其实是一片大地。"

伊卡恍惚记忆起"小子"愤怒过,在初入大学不久,诅咒着他的大学,颓丧地说:"那里聚集着对自己生命最没有要求的一群人——"

"我在电脑仪表板上看着密如天上星辰的记录,我们的方位,我们行进的速度,我们深入海底的英寻码。科技使我一一阅读着海洋,阅读着我们一直觉得深不可测的领域,而且,它们那样接近我真正的心事。它们是知识,又是一种智慧,甚至也是一种道德和一种审美。我闭起眼睛时,那些仪表板的记录就变成我内在的纪律、秩序,和心跳和脉搏完全一致,静静地带我穿越着宇宙中最深的领域。伊卡,我的巡弋,不是为了长官口中的'国家'或'疆土',我巡弋着自己生命的领域——"

宿命

我们用各种方式去探测未来，也许，在未来越混沌暧昧不明的时刻，我们越盼望着依靠一点点神秘的暗示，用来探测未来可能的线索。

我们的手掌上就有一些似乎可以阅读的线条，人类从久远的古代开始，就在这些线条中阅读着未来的命运的种种，关于爱情、事业，关于吉或凶的一切可能。

手纹的阅读是极其困难的，据说，最好的命相家都无法准确地解读自己的手纹。

古代许多为帝王阅读命运的命相者多半是盲人，他们其实在视觉上是不可能阅读人的面相或手纹的。"命相的领域，一切的阅读都只是误导，因为……"那位命相家在临终时这样交代将要承其衣钵的弟子说，"命相的终极并无暗示的线索，也没有解读的可能；命相的领域不能依靠世俗现实的逻辑，逻辑的理则推论越强，越远离测知命相的本质。"

据说，这名命相绝学的宗师，便在临终前，亲手刺瞎了将承其衣钵的弟子的双眼。弟子恭敬承受命运，在鲜血迸溅前默默流下最后两行清泪。他从此再也不会流泪了，现世的种种景象在他的视觉中全部熄灭，是的，熄灭，就像照明的灯火熄灭，一切物象也随之隐没入无底洞的黑暗。但是，他开始看到了未来，看到了命运的终极，看到变成婴儿流转于另一个人世的师父，手中握着一柄尖锐的锥子，号啕啼哭，仿佛他已一一锥刺了自己的前生。

我们偶然感觉到的身体上无缘由的痛，我们偶然感觉到心中一阵不寒而栗的悸动，我们偶然盈满泪水的眼睛，不可解不可知的种种，因为这些，我们在一个小小的岛屿相遇、相爱或彼此憎恨，那双被锥刺后如黑洞般阒黑幽静的眼睛，都一一探测到了。他也只偶尔说一两句不相干的话，对一般人而言，是完全不可解的。

岛屿一向热衷于探知未来、个人的命运和国家的吉凶。在一个新的年度将要来临之前，人们更蜂拥至庙宇或各个命相的所在，祈求神的祝福与暗示，依凭着这渺茫幽微的暗示，做下一个年度生命的预算。

但是他并没有走向庙宇。他似乎知道庙宇已少了神的驻足。

他坐在电脑桌前，凝视着荧光幕的变化。

他尝试设计了一种软体（即软件），把人诞生的年、月、日、时和地点，五种因素输入，然后他就静坐着，等候在显示板上慢慢找到那一个确定的时空。

我们在完全空白的领域里找到了一个小点。这个点既不占有时间，也不占有空间。但是，那个点就是我们诞生时存在的时间与空间。

"命相里最难的其实就是这个点的寻找。"他这样喃喃地自语着，他的明澈慧智的眼睛定定地凝视着显示板。

然后，一刹那间，围绕着那小小的一颗红点，四周出现了密密麻麻的蓝色的小点，大大小小如星辰般密聚向那孤独的红点。

他阅读着那些小点排列的形状位置，"冥王星——"他以极科学的方式找到天空星聚的各种可能，也试图找到那些密聚的星和一个孤独的红点神秘的关联。

他所向往与深爱的一些小点移向星盘的某些角落，"摩羯、射手、水瓶、天秤——"他的眼睛忽然明亮了起来，他知道星辰的聚散竟是因为它们内在的一种宿世的深情。"所谓宿命吧——"他这样喟叹着，"所谓命相的终极，不过是宿世以来深情的牵连不断而已。"他又看到一群蓝色星群的小点移向那一点点孤独的红色。

莲花

人们相信一种肉体上的仪式可以转化精神。如同古老的宗教修行都从剃去头发开始。头发应该是人的肉体上最可以割舍的部分吧。

他感觉到锐利坚硬的刀锋一一断去了发根,从前额移向两鬓。他感觉到发根断去时那种拉扯的力量,好像很多的眷恋,很多的依赖,很多的牵挂,很多割舍不去的千丝万缕的纠缠,在冰冷坚硬的钢铁的锋利下,一一断去了。

他也可以感觉到那些割断的头发,好像失去了重量,轻轻落下,好像黑暗的冬夜静静飘落的雪片,落在他的前胸、两肩,落在他盘坐的膝上,落在他交握的手中。

"这是最轻微的肉体的离去吧。"他静坐冥想。

眼前有许多幻影,那些如星辰般美丽的烛光,一寸一寸燃烧着,它们也是在舍弃一部分的身体中冥想光亮的意义吗?

然而雪这样无边无际地落着,在阒暗的冬季的夜晚,有诵念的声音,有轻微到不容易察觉的呼吸和人的体温,有割舍和告别时的叮咛和嘤嘤的哭声。

当果实在冥想作为花的时刻,那种种的风和日光的午后,有千万种华丽灿烂,如同蛹眠中的蝉,忽然想起了一个夏季的悠长的叫声。

种种,前世和来生的诸多因缘,在此刻,借着一种割断的力量,交错重逢了。

因此他想这断去发根的仪式,终究也只是一种幻相,以为借此便了结了前生和来世的种种因缘。

其实有很多重重扑倒在寺庙大殿中的身体,断去了筋骨,断去了手足,糜烂了眼耳鼻舌,糜烂了躯体和脏腑。如同那古老经文中所说的各种舍离肉体的方法,如同在火中煎熬的油膏,如同肉体混杂着污秽粪土,不再企冀美与洁净,只任凭肉体如土中的腐叶,不再有形状的坚持。

在冥想中他觉得发根的断裂,仿佛大地震动,那只是躯体瓦解的开始吗?

躯体的欲望与躯体的瓦解,他的冥想回到许多肉体欲望的记忆:那些热烈潮湿的唇的吮吸,那些温热的摇荡起来的乳房,那些交媾着不克自制的肉体,剧烈的心跳和喘息,那些纠缠着无以自拔的肉体与肉体的宿命,如何割断、舍离,如何捐弃,像这些纷纷坠落的头发。

削去了发丝的头皮,有一种青色的光,仿佛初生婴儿,很稚嫩,也很羞赧。但是,他微笑着,觉得这样简单的仪式,却可以是种种忏悔、种种舍弃、种种烦恼与痛苦的解脱。他知道这是幻相,但是,幻相也罢,认识欲望是一种幻相,有一种领悟的喜悦,认识悔罪舍弃,也不过是一种幻相,也许只有对自己悲悯无奈吧。

所以,微笑是因为对自己有了悲悯;知道不仅欲念种种是幻相,连这静坐冥想,连这样的断发悔罪也都是幻相而已。

河流上亮起了一些火光。

好像是烧剩的尸骨在黑夜中燃起的磷火,一种带青色的光,幽静地飘浮着,随河面上的风流转。

从岛屿的富有繁华出走,他记忆着某一个夏日,那河流上盛放的莲花,非常轻盈,也是这样,随着河面上的风流转摇摆。

他想从莲花上渡河到彼岸去,从一朵一朵盛放的莲花上轻轻踏过,流水如歌声,莲花便如婴儿的笑靥。而一切沉重的烦恼都消逝了,他只是一直走向彼岸,走向彼岸,消逝在无边无际的莲花之中。

辑八

不可言说的心事

我的爱侣,我当舍你的肉身而去吗?
我仍然如此依靠着你的声音,
你的形貌,你的思维与行动来寄托我的眷恋,

○

我如此难舍的深深的情爱,
我仍然纪念着你身体中不同于他人的气息。

父亲

父亲在医院急救的状况,经兄姐们描述,我大约感觉到亲人在肉身告别时的艰难。

我在父亲熟睡的夜晚,独自在地下室中诵读《金刚经》:"一切有为法,如梦幻泡影,如露亦如电。"这个经文的手卷是从唐代咸通九年的木雕版影印的,读到卷末,有一行小字,刻着:"咸通九年,四月十五日,王玠为二亲敬造普施。"一千多年前,一个叫王玠的人为双亲刻了这一部经,以后沉埋在敦煌的石洞中,一直到清末才被英国的考古学者斯坦因发现,带到了伦敦,收藏在大英博物馆中,作为人类最早的印刷品(公元八六八年)而被重视。

我在此时为父亲重病诵持《金刚经》,王玠在一千年前因为什么为双亲刻了这一部经,注明"敬造普施"呢?在我盘坐诵读的时刻,暗夜寂静中逐渐有隐微的天光,并且有极轻微的些许鸟鸣,已昭告了黎明的来临。"无有福德""不可思议"的句子交错在我和王玠的心愿中，度过漫漫长夜，漫漫的历史，不过仍是盘坐诵读经文，在生死中发愿，在生死间焦虑、恐慌、伤痛、惊喜或期盼，却又了无所得，无所从来，也无所去，我们只是受了惊慌而已吧。

明明读到了"应无所住"，明明读到了"无我相，人相，众生相，寿者相"，我仍是如此贪着于人，贪着于我自己的存在，如此视众生为众生，贪着生命的永恒存留。

我读懂的部分，恰是我贪着的部分。我的爱侣，我当舍你的肉身而去吗？我仍然如此依靠着你的声音、你的形貌、你的思维与行动来寄托我的眷恋，我如此难舍的深深的情爱，我仍然纪念着你身体中不同于他人的气息。肉身的存在的确定，你的抚摸起来有记忆的每一根发丝，你的每一寸肌肤，你睡眠时低低的呼吸的鼾声。"若以色见我，以音声求我，是人行邪道，不能见如来"，我的爱侣，在那安谧的树下，你的形貌，恍惚如日光中叶影的疏离，我不能确定；你的声音，持诵的经文，交叠着好几世生死间的呼叫、惊叹、哭泣和笑声。那么多的形貌和声音的记忆更迭着，在这黑夜与黎明交会的时刻，又为何仍执着于以形相见你，以音声听到你我爱恋中的缱绻与缠绵啊！

出走

一九九七年的七月,我离开了二十年未曾中断的教职,回到青年时读书的巴黎,租了一间画室,画了八张油画。

对交通发达的现代人而言,到外地旅行,也许不是什么值得一提的事。但是,我不认为这次到巴黎是"旅行",我称呼它为"出走"。

我害怕一种固定而且重复的生活。

我害怕自己的生命在固定而且重复的生活中变成一种原地踏步的机械式循环。

我看到许多人在还很年轻时就"老"了。"老"并不是生理机能的退化,而更是心理上的不长进,开始退缩在日复一日的单调重复中,不再对新事物有好奇,不再有梦想,不再愿意试探自己潜在的各种可能。

他们还很年轻，但是他们在等着"退休"，接下来漫长的岁月，将是多么倦怠而又无力改变的原地踏步啊！

我忽然有一种惊醒！

我要这样地老去吗？

于是我决定出走了。

从自己熟悉的环境出走，从日复一日没有挑战的生活出走，从别人认定你的定型的角色出走，走向陌生，也走向更广阔的新的自我。

我选择了巴黎，因为那里有我二十五岁没有做完的梦。

二十五岁，我穿着一条破牛仔裤，一整天坐在塞纳河的河边看水，读兰波（Rimbaud）的《醉舟》，憧憬十九世纪末忧郁少年诗人看待生命的方式、激情、绝对的爱、知己、枪声、出走与自我放逐，他们的生命一一变成了诗句，有歌，有泪，没有在年轻时就"老"了。他背叛了体制，从自我出发，走向无边无际的空白，孤独又自负。

兰波至今仍没有老去，他的诗句一代一代感动着对自己生命犹有憧憬的梦想者，可以如醉酒的舟子，航向漫天繁星。

我们也有过诗人像兰波那样自我放逐,那样不断从原地出走,不是吗?宋朝的柳永说:"今宵酒醒何处?杨柳岸,晓风残月。"

一种酒醒时的苍凉,一种酒醒时的孤寂,不知流浪的船流浪到了何处。一种淡然,一种自负,淡淡的春天破晓时分的风,淡淡的黎明前的一弯残月。

我回巴黎去是想找兰波和柳永的,也许在长住了二十年的岛屿,觉得太大的寂寞吧,怎么生命都不出走了?

二十五岁的时候在巴黎,很穷,很多梦想。可以一整天只啃一根长面包,然后赶三场电影图书馆的伯格曼专题展,看到凌晨两点,在清冷的夜晚沿着河走回家去,一地都是落叶,路边困睡的流浪汉拥抱着流浪狗睡着了。

二十五岁,很想画画,但是,颜料很贵,画室也很贵,觉得专业画画是一种奢侈的梦想,只有偶尔到美术学院去找朋友,挤在学生画室里画画人体素描。

年轻时候的梦想是很容易淡忘的。

回台湾以后,开始忙碌各种生活,在大学教书,编杂志,逐渐好像也淡忘了曾经有过的奢侈的梦想。

在渐渐老去的年龄，才会忽然惊悟自己未做完的青春的梦想吧。

我打电话给巴黎的学生，我说："想去巴黎画画。"

"很简单啊！我们帮你找画室！"他们言简意赅地就做了结论，使我仿佛没有了退路。

是的，出走唯一成功的秘诀是不要给自己有退路。

于是我带了简单的衣物，就出发了。

"工具不必带，这边都会准备好！"学生说。他们似乎知道人到某一个年纪会有多少犹疑与牵挂。

我的画室在圣米契尔广场，紧邻塞纳河，画画累了，走一分钟到河边，看河边晒太阳的人和鸽子，以及近在三百米左右的圣母院高高的哥特式塔顶。

我的画室是老马房改的，这一带在大革命前是贵族的邸宅，有高大的马房，马房高而且采光、通风都要好，和画室需要的条件相似。

原来拴马的槽，每一楬大概一米半至两米宽，中间用粗厚的原木隔开，做成马背式的弧形。改成画室以后，每一楬间有一名画家使用,和原来的空间使用差不多,只是原来拴马,现在供人画画。

画室在幢老房子的中庭后面,中庭阳光很好。早上八九点后我到画室,把面对中庭高大约三米的门拉开,阳光就如同水一般泻满一室。饱满的光线,映照在空白的画布上,使人想画画了,使人想在那空白上留下阳光和阴影,留下时间静静移动的痕迹或声音。

我大概工作到中午以后,才有其他人来画室工作。他们来了之后,热咖啡、两片乳酪,坐在中庭晒晒太阳,叹一口气,跟我说:"巴黎没有人像你这样工作的。"

"我知道!"我笑一笑,继续画我的画。

我知道我是在找回遗失在这个城市某个角落的自己,二十五岁未曾做完的梦吧,找得很急,仿佛再不去找是很大的遗憾。

如果生命没有遗憾,是不是可以生活得从容一些呢?

抽完烟,喝完咖啡,烤了一小块比萨,放在口里慢慢品尝。同室的画友,又叹一口气,仿佛日子悠长缓慢到了有点不知如何是好。她终于决定背起包包走了,临走时又告诉我:"巴黎没人这样工作的!"

我仍然说:"我知道。"笑一笑,谢谢她的好意。

我算一算,在故乡的岛屿,我有多少时间没有真正为自己生活。有时为了父母,为了老师,为了社会上既定的习惯,好像很认真地活着,但又似乎都不是自己。那些大大小小的考试,那些分数,那些升学的成功与失败,那些文凭与证书,它们究竟证明了什么,证明一个生命更快乐一点了吗?证明一个生命更幸福一点了吗?

我们也许异常茫然了。

也许我们甚至很少去好好品尝一块比萨或乳酪的滋味,我们只是"快速"地吃,或者"吃到饱",在食物里强调"速度"和"饱",是多么悲惨的价值。一个欧洲朋友来了台湾,忍不住问我:"台湾为什么有这么多'吃到饱'的餐厅?"

是啊!我忽然也被问住了,我们把"饱"作为食物的唯一目的时,失去了多少食物可能有的快乐、滋味、感受。

但何止是"吃到饱",在我们的一生中,升学、考试、升官、发财,不是一种模式的贪而无餍的"吃到饱"的翻版吗?

但是,我一时停不下来了。

在离去的室友留下一声意味深长的叹息之后,我继续在画布上画着,一个丰满而有点慵懒的妇人,斜坐在缓和的土坡上，后面是艳蓝色的海洋和天，连成一片。那些不同蓝色的颜料混合着，渗透到画布的纤维中去。我感觉到画布不再只是画布，是许多纠缠的棉或麻的经纬，是一丝一丝彼此缠绕的线，它们中空的部分、柔软的部分，缓慢地吸收着颜料中的油。而我的画笔，从动物身上取下的生命未曾消失的毛发，仿佛一种记忆，仿佛一种呼唤，一次一次，抚触着那纠缠着的纤维，它们开始彼此接纳了，吸收了，融合了。

巴黎夏日的阳光缓慢地移动，中庭的光不再强烈如正午，一些斜射的光，柔和地拓在墙上，反射出每一扇窗户的玻璃，好像一种对话。

看看表，已经是晚上九点钟，但正是夕阳最美的时候，我知道。走出中庭，打开大门，米契尔广场上示威的青年、北非人的鼓声、来往穿梭的游客，都将使我一时陶醉于不克自制的繁华与狂欢中。但是，我仍珍惜这斜阳余晖渐渐淡去的天光，在夏日傍晚将入夜的时分，看画布上的妇人，仿佛即将睡去，即将有漫天星子移来此处，可以使入睡者满足入睡，使我找回自己遗失的许多梦想。

在生命开始衰老的年龄，创作使我重新年轻了。我带着一沓稿纸，一本素描本，走去天涯海角，觉得重新是那个二十五岁在河边可以坐一整天的青年，读诗画画，为自己的幸福活着。

不可言说的心事
——谈《四郎探母》

从小在台湾随父母看京剧,当时的京剧,大都隶属军中剧团,每逢节日,都有一些演出,供民众欣赏。记忆中,常常看到的戏码,并不多见,总是几出老戏,看来看去,连孩子时代的我,都觉得有些厌烦了。例如,辛亥革命纪念日,或领袖人物的寿诞,总是演《龙凤呈祥》,我稍稍长大之后,就对这种应景应酬,或者为了政治文宣,粉饰太平的戏,有一种反感。

记忆中,常常演出的戏目中,还有一出,就是《四郎探母》。小时候看,其实不是很懂,先入为主地认为,《四郎探母》,就是一部宣扬"孝道"的戏。因为战争,和母亲分隔两地,舞台上,一个长胡子的男人思念母亲,频频挥泪,痛哭失声,小时候看,也觉得有一点夸张吧。我坐在母亲旁边,看到杨四郎探母见娘,跪在地上,叩拜母亲,口中唱着"千拜万拜,赎不过儿的罪来——"看到母亲竟然也从皮包中找手帕拭泪,我不能懂得是为什么,但是,这些记忆,也许是我开始关心"四郎探母"或"杨家将"为主题的戏,最早的开端吧。

胡地衣冠懒穿戴,每年的花开,儿的心不开——

其实真正教会我看懂《四郎探母》这出戏的,不只是母亲,也是服兵役时认识的一些军中的老士官们。服兵役的时候在凤山,担任"陆军官校"的历史教官,从小在台北长大,第一次离开家,第一次接触到和我的成长背景完全不同的另外一群人。

我住在"陆军官校"里,帮忙整理校史,在残破不全的资料里看到一个军事学校背后隐藏的巨大历史的悲剧。二十几岁,甚至不到二十岁的男孩子,与家人告别,在战争中死去,各式各样的战争,和军阀的战争,和日本侵略者的战争,或者,搞不清楚和谁作战的战争,他们死去了,我要在校史上为他们立传。我在撰写他们的故事,觉得历史的荒谬,觉得撰写历史的虚伪,感觉到疲倦而沮丧的时候,走到校园里,碰到一些老士官,他们站起来:"少尉好!"他们毕恭毕敬向我敬礼,他们的年纪比我大很多,脸上苍老黧黑。我觉得有些不安,和他们一起坐下来,忽然听到他们身边的收音机唱着一句:"千拜万拜,赎不过儿的罪来——"我心中一惊,面前这些面目苍老黧黑、一生颠沛流离的老士官,他们的故事,仿佛就是杨四郎的故事,是战争中千千万万与亲人隔离的悲哀与伤痛，不可言说的心事，都化在一出"探母"的戏剧中。

我开始注意凤山黄埔军校的校园中，或者整个黄埔新村的眷村中，总是听到《四郎探母》，总是听到一个孤独苍老的声音，在某个角落里沙哑地哼着："我好比笼中鸟，有翅难展；我好比虎离山，受了孤单；我好比浅水龙，困在了沙滩……"

我在整理黄埔军校的校史的同时，开始和这些在各个角落听《四郎探母》的老兵们做朋友，听他们的故事。

一个叫杨天玉的老兵，山东人，一九四九年，在山东乡下，连年兵灾人祸，家里已经没饭吃了。他的母亲打了一捆柴，要天玉扛着到青岛城里去卖，那一年他十六岁。扛着柴走了几天，走到青岛，正巧碰到国民党军队撤退，他说："糊里糊涂就跟军队到了台湾。"

我算了一下，他跟我说故事的那一年是一九六九年，距离他被抓兵，离开家乡，已经整整二十年。

他说："杨四郎十五年没有见到母亲，我娘呢，二十年了，也不知道我是死是活，是到哪里去了。"

另外一位姓张的老兵，四川人，第一次认识他，我看他的名字，他笑了说："少尉，名字不重要。"我不懂他的意思，他又说："不重要，不重要。"后来熟了，才知道他兵籍号码牌上的名字也不是他真正的名字，他说："打仗啊，到处乱抓兵，军队都有一本兵籍簿，按着兵籍簿的名字发饷发粮发衣服弹药，要是有一个兵逃跑了，就抓另外一个人来顶替。"这个姓张的四川人，逃了很多次兵，又被抓去做另一个逃兵的顶替者，他于是养成一种玩世不恭的调皮，总是说："名字啊，不重要，不重要，杨四郎，杨延辉，不是也改了名，叫木易吗？"

是的，许多有关《四郎探母》的细节，我是透过这些在战乱中活下来的老兵读懂了的，知道了为什么这出戏可以历经百年不衰，在人们口中一再流传。

以后为了历史的癖好，去《宋史》中找杨业的传，又找到郑骞先生有关《杨家将演义》一厚本详尽的考证，甚至，自己也做了不少卡片，准备写有关杨家将历史与通俗演义的比对。但是，不知道为什么，一想到那些老兵的脸，就忽然觉得一切历史的荒谬。历史上不会有一个叫作"杨天玉"的名字，整部黄埔军校校史中没有这个名字，但是他却是使我对战争的悲惨、历史的虚假认识最深的人。就像在整部宋代历史中，在宋辽交战的历史中，杨延辉是一个难以查证的人，但是，杨四郎却为空泛与满是漏洞的历史做了最真实的补强。

从历史上来看,《宋史》中有关"杨业"的记录非常简略。这个五代时属于北汉的将领,在宋代统一之后,归于宋王朝。在雍熙年间,第十世纪的初期,因为战役,全军覆没。《宋史》上除了继承杨业边地军功的儿子杨延昭(六郎)之外,并没有涉及其他子嗣的记录。

因此,我们可以说,杨家将是从宋代以后,依据《宋史·杨业传》的小引子,引发出了一套体系庞大的家族悲剧史。

这一套民间口述历史,随着不同的时代,以附加了当时社会不同的政治禁忌或政策,使杨家将的戏剧一再丰富,成为足以反映民间心事的伟大创作。

关于杨家将中《四郎探母》这一部分的架构,可以看到隐藏着一种胡、汉矛盾的基础原型。胡与汉,农业与游牧的民族,因为生产形态的不同,产生了在中国北方长期的冲突,战争也自然成为解决胡汉矛盾的要素。比较温和的时代,则尽量避免战争,改用和亲通婚的政策。

这个中国历史上的基本原型,在《四郎探母》中被用为戏剧的骨架。杨四郎代表了汉族,在与辽邦(胡)的冲突中,全家惨死,父亲碰死李陵碑,大哥、二哥、三哥都壮烈牺牲,成为胡汉对立、胡汉仇视的开始。有趣的是,第四个四郎,在传统殉国的概念中成为苟且偷生的背叛者,杨四郎一开始

Unrelated to Time

就扮演了颠覆中国儒家"忠"的角色,他改名木易,娶了辽的铁镜公主为妻,夫妻和睦相处,生了孩子,十五年,唯一的遗憾,似乎只是思念母亲。

把"忠"的概念移为"孝"的真情,《四郎探母》最初的动机其实已经违反了原来传统中"移孝作忠"的大正统,我相信,这出戏在清代产生,是有一定历史背景的。清朝入关,努力调和胡汉的对立,从严厉的高压,到温和的怀柔,在舞台上,我们看到杨四郎与铁镜公主相敬如宾,彼此恩爱,似乎也就解脱了胡汉严重的对立。国仇家恨,一旦化约成"亲戚",也就纳入夫妻的恩情,化解了族群冲突的严重性。

如果《四郎探母》是清代官方的文宣,这种文宣是非常高明的,戏剧创作者抓到了人性的基础,使人有机会超越现实政治的对立关系,从"人"的本性出发,使"人"可以互助互爱,不被团体(胡、汉)的族群分化限制,有更阔大的、也更健康的伦理态度。

铁镜公主是非常健康的角色,杨四郎的深情有极大部分来自这名健康女子的支持与鼓励。在《坐宫》一段,杨四郎的自哀自叹被公主发现了,是公主鼓励他,也用她的机智引带出杨四郎的压抑。在杨四郎透露真正的身份之后,铁镜公主的反应极复杂,这是自己深爱十五年的男子,这又是杀死父亲的杨家的子嗣,政治对立、族群对立,挑战了铁镜公主的选择。她也曾经愤怒地说："报知母后，要你的脑袋。"在政治分离的时代，我们都知道，多少亲人家族反目成仇，用残酷的政治手段对付亲人。但是，《四郎探母》委婉地使胡汉对立缓和，聪敏的公主，体谅四郎思念母亲之情，也信任四郎一夜之间即刻回来的信诺。一切的行为只在一种对"人性"的相信，对人与人深情相待的信诺。所以铁镜公主偷盗了令箭，帮助四郎出边境，回家探母。

探亲令下，我在报纸上读到，忽然忆起那些军中的老友，不知道他们是否都在回家探亲的路上，在家乡的老家中长跪地上，或叩首于母亲的灵前，心中仍是那一句："千拜万拜，赎不过儿的罪来——"

是谁扮演现代的铁镜公主，成全了这些现代杨四郎的回家探母，这将是下一出《四郎探母》的戏中故事吧。

二十世纪七十年代中期，我从法国回来，常去当时中华路的"国艺中心"看戏，看的仍然是《四郎探母》，仍然是已经年迈的老兵，好像不是因为心酸，而是因为眼疾，频频拭泪。台上杨四郎的戏词，他们每句都会，跟着唱。我带年轻的学生去看戏，学生们讨厌老兵，嫌他们看戏没有礼貌，台上一唱，台下也跟着唱。我却心里知道，他们已真正是现实中孤独悲苦、无家可归的杨四郎，只是学生年轻，不知沧桑吧。

后来有一阵子，不知道为什么，《四郎探母》忽然被禁演了，在政治恐怖的年代，众说纷纭，没有人讲出什么道理，却都在耳语着。不多久，又解禁了，甚至加上《新四郎探母》这样的名字。我赶去看，看到探母见娘一段，照样痛哭，照样磕头，照样千拜万拜。但是，拜完之后，忽然看到杨四郎面孔冷漠，从袖中拿出一卷什么东西递给母亲，然后告诉母亲："这是敌营的地图，母亲可率领大军，一举歼灭辽邦。"

我看了大笑，原来"政治"是如此无所不用其极。害怕老兵想母亲、想家，在那个可怕的年代，想家都可以有罪。

杨四郎的故事没有完，在人被政治扭曲的现实中，杨四郎必须是埋伏的情报员，负有谍报的工作，因此，一出惊天地泣鬼神的戏，忽然使人对杨四郎产生了空前的反感。

杨四郎如果是为通报敌情而回营探母，他对母亲无深情，对铁镜公主也无深情，杨四郎就只不过是一个彻头彻尾的虚伪者，他不会在这个舞台上受人认同。我看到一些刚揉完眼睛的老兵，忽然离座，他们走出剧院，他们走进繁华城市的荒凉夜色中去，他们舞台上的杨四郎已经被政治污染了。

改动一出长久在人们心中形成力量的戏，其实是愚蠢的。我们看到分隔四十年、五十年的亲人，在战争之后，有一种人对待人的真情在慢慢恢复。在电视上，看到一名老兵跟在台湾娶的妻子，回到乡下老家，到了门口，泪流满面，如何也不肯进门。结果是台湾老婆大大方方进去，向一位苍老颤抖头发花白的妇人一鞠躬，说："大姐，你不要怪他，他离开你二十年以后才跟我结的婚！"

不知道为什么，这些场面总使我想起杨四郎，想起那些在战争中被迫害的人，不像西方那样用激烈的方法控诉战争，却用最委婉悲凉的方法说着人在战争中的受苦。

《四郎探母》其实是一出反战的戏，它以人的深情对抗战争、政治的残酷。

四郎要见母亲，是真情；四郎恨辽国，是真情；四郎爱铁镜公主，也是真情；四郎回家，见到元配妻子孟夫人，觉得心如刀割，满是愧疚忏悔，也是真情；杨四郎所有的真情纠结成他现世的矛盾，成为一种难以言喻的哀伤。人们爱杨四郎，跟着他一起唱"我好比笼中鸟，有翅难展飞"，是每一个人都暗自觉得自己也有杨四郎同样的矛盾，在现实充满两难的矛盾中，只有更多自哀自叹的自责吧。

杨四郎在舞台上以暂时的团圆结束，但是杨四郎的悲剧并没有结束，杨四郎的故事仍在世界各个角落，在战争的迫压下，每一日每一日地上演着，那些在与亲人分离的岁月中，他们会永远懂得《四郎探母》深情的真义。

Unrelated to Time

羊毛

日光在沉厚的羊毛毡上渐渐消逝了。不是瞬间全部消逝，而是在一绺一绺、一丝一丝的羊毛间一点一点地消退。

羊毛如水纹，也仿佛在日光的流动里活跃了起来。

这是曾经活过的一只羊的皮毛。羊被宰杀了，洗净了血迹，处理好伤口，经过硝制或曝晒，经过防腐、除臭或软化的繁复手续；一张羊毛毡，摆置在客厅中，使人浑忘了它曾经是活着的一只羊的一部分。

有机的生命变成无机的物质，无机的物质供养着有机的生命。我们怎么去区分"有机"与"无机"的差异呢？

日光仿佛比我们更确定羊毛毡是活着的有机体，仍然需要爱抚，需要体温，需要亲昵和告别，需要眷恋，也需要孤独。

只有人类的爱是沾带着血迹与杀戮的。

很早的人类就知道豢养羊群，为的是汲取它们的乳，是可以宰杀后食用它们的肉，剥取它们的皮，制作成衣服、褥毡或帐篷。

一个征战归来的帝王，睡躺在羊毛毡上。他在民众和军士的欢呼中进城。他时而从躺卧的姿态立起上身，举手回答群众的致敬。但大部分时间，他独自陷于沉思之中。他戴着紫瑛石戒指的手，无限柔婉地抚摸着羊毛毡上细细的纹理。他感觉到羊毛在他指间的纠缠，感觉到紫瑛闪烁的宝石的光幽微地映照在洁白羊毛间诡秘的变化。好像一种符咒，据说可以把死去的生命封存在咒语中，一旦咒语被破解了，生命便重新复活，被囚禁的身体也仿佛大梦初醒，开始转动眼球，开始再一次感觉到肺叶中每一个细囊被清新的空气充满。感觉到原来干涩的眼球四周渗溢出滑润的泪液，感觉到死亡过的身体再一次复活的辛酸。

他躺卧在羊毛毡里，他觉得群众的欢呼是一片虚罔的大海，一波一波袭来，使他沉溺漂浮。汹涌澎湃的波涛，把他簇拥到浪的顶峰，又从高处摔下，破裂成幻灭的浪沫，迅急在漩涡中消失，无影无踪。

羊毛毡铺成厚厚的床褥。床脚是木雕涂金的狮脚。床顶

Unrelated to Time

有浅紫色的纱帐。透着薄薄的纱，夏日炎烈的阳光被筛成细密的一片光。他眯起眼睛，使细密的纱帐下浅紫色的光被过滤成更微小的光点，浮游于空中，可生可死，可以是有机，也可以是无机的存在。

他在军士脚夫抬动床轿的动作里，感觉到进城的大路被刻意整理过。铲除或填平了凹凸不平的坑洞，用平整的花岗岩砌成，加上羊毛毡柔软的厚度，他几乎感觉不到一点点的震动。

他好像放任自己耽溺于一种安逸、慵懒，一种死亡般的迟缓与寂静之中；任由那些喧闹吵杂的呼叫声变成虚罔的大海，而他在海底静静沉落，似乎与上面汹涌的波涛毫无关系了。

陪伴他在深邃的海底缓缓沉落的竟然只是那一张洁白纯净的羊毛毡。

他把脸颊贴向那密聚如毛发的羊毛深处，呼吸那一丛一丛毛发中释放着的活着的动物身体的新鲜浓郁的气味。

他发现自己全身赤裸，那件披在身上的紫色的锦绣的袍子不知何时失落了。连右手中指上那一枚紫瑛石的戒指也不知在何时丢失。这样一个赤裸的肉体，仿佛解脱了一切人世的欢呼或咒骂，才开始恢复成为一个人；一个如初生婴儿的肉体，在无边无际的阒暗中沉落。

　　他伸手触碰自己丰厚又柔软的嘴唇。在冰冷的海水中依然感觉到烫热的温度，"那一定是血色丰沛的嘴唇吧！"他想起黎明玫瑰初绽时的那种红；不像视觉，更多时候，他觉得那是一种欲望的伤口，在茫然的境域张口，在茫然的境域昂首企盼，在茫然的境域把最灿烂丰盛的生命献祭给死亡。

　　他记忆起战场的杀戮中，他的剑，刺进一个敌兵的胸膛。在惊愕的叫声中，他凝视那伤口，在美丽饱满的左胸的正中央，在那微微隆起的胸肌的顶端，偏离着圆圆一粒乳头的左下方约一厘米，那匕首仿佛刺入了一个急剧跳动的物体。匕首被那在剧痛中痉挛牵动的振动影响，微微地颤动着。他紧紧握住匕首的柄，而匕首的另一端是一颗跳动的心脏，剧痛着，又无比地亢奋着。在濒临死亡的边界，才知道生的欲望这样狂野强烈；匕首的两端被两种不同的力量握着，屠杀者和被杀者的对峙。他们如同在性的交媾中彼此凝视高潮的爱侣。"爱人的身体原来是匕首最好的归宿。"他茫然地胡思乱想。拔出匕首，在伤口仿佛呕吐一样喷射出鲜浓的血汁时，他紧紧拥抱着那一刹那释放出全部体温的身体，紧紧紧紧地拥抱着，仿佛那是自己上一世的尸身。

　　我们都活在血泊中，各种不同形式的血泊，厮杀的血泊，或爱的血泊。

Unrelated to Time

他把手指从嘴唇移到下颌，感觉一个即将三十岁的男子短而硬的髭须，像刺猬的刺，从两腮的边缘一直延续到下巴。

他又移动着手指，从毛毵毵的下颌抚触到坚实健壮的颈脖。他不喜欢柔细的脖子，他相信脖子的坚定和意志有关。他记忆起那遭受匕首杀戮的兵士，在死亡时，睁大了眼睛，他的脖子是挺直的，很清楚地透露着因为运动而富于弹性的肌肉和筋骨。尤其脖子两侧向肩膀拉动的肌肉，像一种极具韧性的筋束，紧紧拉动着两肩的肌肉的力量。

他随着一张羊毛毡沉落到不可名状的海域，记忆的海域，幻想的海域。

只有在那无边无际的海域，他发现自己如此赤裸；如同那一张羊毛，因为从某一个活跃过的肉体身上剥下来，有着特别洁净的白。

他像浮沉于母体子宫之中，而那张羊毛，也如初生时的胞衣。

"只是太洁净了。"

他在泅泳中拉动着腹股之间的肌肉，很清楚地感觉到从臀部带动的力量。许多水流，也仿佛如一缕一缕的羊毛，从他的两胯之间，从他轻柔的小腹及腿股之间回绕。

羊毛有时漂浮到比较远，好像水藻或白色的珊瑚，他并不刻意去靠近；但是水流的规则会使羊毛和他逐渐回流到一起，仿佛他们终究是不能分割的。

他无法了解生者与死者之间是否也是如此，无论漂流离散到多么遥远，最终还是不可分割的一个整体，宿命地依靠在一起。

古老的族人相信，杀死一个人或一个动物，那被杀的灵魂便依附在杀者的身上，成为杀者的一部分。那死去的身体未完成的爱或仇恨也依附在杀者身上，要由杀者继续去完成。

"所以，那死去的敌兵的爱与恨已经依附在我身上了。"他仔细用手谛听着自己左侧胸肌下一颗怦怦跳动的心脏。

好像那颗焦虑不安的心脏渴望着一把锋利的匕首。渴望那匕首的尖刃紧紧插入最柔软的内里，而那些柔软的组织便努力坚韧起来包裹着那冷冷的刀尖；那些烫热的血液便一次一次，仿佛永不停止的潮汐，噬舔着匕首的形状。

"匕首停留在心脏中的时刻，也便是我们相互瞪大了眼睛凝视对方的时刻。"

他回忆起一刹那间，那心脏透过匕首传来的仿佛擂鼓的亢奋，刀柄在他手中剧烈颤动的时刻，被杀者的忧愁或狂喜已全部如符咒般进入他的身体。

"我是带着你的忧愁与狂喜活着的。"

他回想起少年时族中的献祭，他总是被父亲命令去山野上捕杀最善奔跑的羊。它们奔跑着，他也奔跑着，他胜过许多只羊，一旦他超越过那几只羊，羊便跪伏下来，仿佛俯首认命，可以任由他宰割。

但是，他没有忘记父亲的训示。

"一定是最矫健的羊，跑在羊群最前端的羊，才是神所欢喜的献祭。"父亲说。

他于是在石块磊磊的山野坡地上狂奔，跳跃过所有被他的矫勇吓得匍匐在地的羊。他孤独地向前奔去，朝向那远远跑在旷野前方的孤独的羊。

"唯一的孤独者。"

杀者和被杀者都是孤独的。

他在那一刹那，手指的指尖接触到羊后腿的足踝，他感觉到把生命与速度爆发到极限的力量，仅仅是后蹄的一点点接触，便仿佛被电击一般使他全身震颤了起来。

他的全身向前冲刺，远远看来，他的身体和羊的身体是两条水平线，像两支向前射去的箭。在那一瞬间的接触里，他伸手急速抓紧羊的足踝，然后，他们一起滚落在土坡上。泥土、汗、身体喘息时的气味、剧烈的心跳，他们纠缠在一起，那偾张的羊的呼吸使他像紧紧拥抱着自己，自己濒临死亡时那种急剧要挣脱的狂烈的震动。

羊最终被献祭了，留下一张洁白的羊皮，只有他，记忆着羊的怨恨或自责活着，他的身上留着被杀者的符咒。

因此，当他和羊皮一起沉落于海底时，他嘲笑了愚庸群众的欢呼，对他来说，他和死去的羊，以及死去的兵士，是同一个符咒里的故事。

少年集集

因为地壳板块挤压,岛屿的中央有了一脉隆起的大山。大山上的积雪、泉水,融汇成河,浩浩荡荡。一出离大山,仿佛被平坦的原野土地挽留,蜿蜿蜒蜒,减低了速度,一味拖滞流连,在众多大小卵石的河床间浅浅流过。

许多早期从西边海岸平原登陆的移民,占据了海岸线及河流出海口冲积扇一带富有的土地,也占有鱼盐和贸易的便利,形成人口较密聚的市镇。

移民的过程中颇多械斗。族群间为了土地的占有,往往聚众斗殴。男子执农具相互厮杀,残酷的报复持续不减,甚至购买枪械火药,屠灭一个村落,女子婴儿皆不能免。

弱势的幸存者,或者迁往靠山区的人烟稀少处避难,或者在土地贫瘠处立足生根,乞一饭之饱,放弃了争夺。

在靠近山区的仄狭河谷两侧,也渐渐有了人口不多,生活幽静俭朴的聚落。

数丛细长的槟榔树散落在住家四近。夏季除了蝉声,一片静悄。一旦有外人靠近,黄狗从隐伏处突然跑出狂吠,使灶间正工作的妇人也从竹凳上立起,擦了一手的污渍,走到窗口,顺着黄狗的叫声,远远看去。田陌小径上正走来三十多名年轻的学生,有说有笑,也有被黄狗吓住不敢走上前的。

"小黄!"一个高个子男学生呵斥着黄狗。黄狗认出主人,即刻俯下身,摇尾摆头,在主人裤脚处磨蹭示好。

(梦里总是有一种惊恐,使我频频惊醒。当我忍住泪贴近你的胸前时,房屋仿佛崩裂般摇动着。我不相信,我们是在经文计算的毁灭中。我们是在毁灭中,虽然你笃定握着我的手,抚慰我说:"一会儿就过去了。"我仍然潸潸泪流满面,想到来日大难,口燥舌干。想到这一次过去,毁灭仍在某处等待着我们。)

然而妇人打开了祠堂,在多年没有特别供奉的神案上上了香。并且抱歉地说:"孩子都大了,结了婚,移居在大城市里。乡下的老屋子反倒荒凉了。"

"你也常去台北啊?"学生们问。

"住不惯啊!"妇人又抱歉地说,指一指高个子男学生,"他是老幺,等他大学毕业了,也要到外地发展,这老屋就真的剩我一人了。"

祠堂里摆了三个圆桌,铺着红色塑胶布。每一桌十二副碗筷盘匙。我说:"一下来这么多学生,把阿姆累坏了。"

"没有!"妇人忙着倒茶,回头说,"都是邻近的欧巴桑一起帮忙的。她们还在厨房里准备菜呢!"

果然大灶间里热乎乎地有五六名妇人忙来忙去,见一大票学生来说"多谢",忸怩不安地擦着一脸油渍的汗,坚持着要学生到庭院去玩,别挤在灶间了。

(我踱步的地方是在光亮与阴暗的交界吗?我看见剥茭白笋的女人的手,在泡着水的铝盆里捞起一大把绿色的笋皮。她的手又以惊人的速度折叠着冥纸,准确而毫不犹疑,那一叠冥纸,不多久就松松成为一落在风中摇晃的莲花座。)

灶间有各种动物和植物的气味。用大刀切着细嫩姜丝时的清辛,带着芳甘的水汽。葱是有着呛味的,铺在鱼的腥味上恰巧综合了。热烈的花生油在大铁锅里沸腾,一大把拍碎的蒜头丢进去,蒜的辣冲被热油炸成一阵焦香,一缕飞卷着的白烟袅袅散去,使灶间的气味更混杂了。

也许是削去粗皮的丝瓜，透着如同蛇一般冷凉的体温。但是砧板上一块始终没有被处理的猪肉，在仍透着血色的温吞吞的木讷里，仿佛回忆曾经有过的躯体，有过的痛或满足的记忆。将被剁碎，或者切成薄片，或者斩成大块？一旦没有了可供回忆的躯体，它无辜而且茫然地坐在砧板上，等待下一种状态。

（我们在等待哪一种状态呢？）

在那个叫集集的小镇，我能够记忆的还有你吗？在饱足的饭后，我有些酒醉了。学生们躺在祠堂前的晒谷场数星星。我说："别做那么庸俗的事好吗？"然后，有黄狗吠叫了，我被人扶站起来。他们说："你看！你看！"

我看见阒暗的稻田（在暑热消退的夜晚透着仿佛熟饭的香味），稻田的田陌上远远闪着手电筒的光，一点一点，从散在田间的几处走来。我听到了妇人的框喝，听到了此起彼落的招呼。妇人说："都说我们家来了三十多个人客，被子一定不够，各家便都打着电筒送棉被毯子来。"

（在地动山摇的时刻，少年，我觉得毁灭的时刻里有过你深厚的照顾，有过香案上袅袅上升的烟篆的祝福，有过在巨大地壳移动板块挤压时不可遏止的泪水。如同刚刚出离千山万山的浊怒的水溪，到了平旷的土地，有千般眷恋，有千般流连，有千般叮咛，有千般缠绵。）

Unrelated to Time

少年水里

老师父粗大的手在黄泥的圈窖里搅拌,有时连脚也踩进去,一身都是泥。

"这一带都做大缸,都是亲戚,你们每家随意看吧。"老师父跟大伙儿说。三十几名年轻学生便散开了,三三两两在村落里窜出窜进。

(我在哪里?在有宽大叶子的榄仁树下坐着的一只黄猫,仿佛笑着,眼睛眯成一条缝,颤巍巍地抖动嘴边的髭须。我以为它守候的是一条等待剔食的鱼骨,结果是一只彩色粉蝶的尸体,被一群蚂蚁悄悄抬着移动。)

黄泥被揉成一大团,像一尊佛,端端坐正在辘轮中央。老师父端详着面前这一堆土,好像看着自己的一生。只有几秒钟,没有几个人发现,像是仪式里最慎重的默祷。

仪式过了,他用右脚的脚掌在辘轮的边缘一推,辘轮像着了魔似的飞快旋转起来了。中央那一堆像佛的黄土也旋转了起来。

老师父好像猎食的兽,一刹那间高耸起肩膀,两只粗厚的大手直直插入泥土中。(使我恍惚想起神话里用手劈开海水的先知,原来有一种手的力量是可以移山填海的。)

在急速旋转的泥土中,他粗厚的大手成为稳定的轴心。泥土柔软湿润,仿佛刚刚绽放的蓓蕾,一瓣一瓣向外展放张开。

(花是在急速的绽放与死亡之间把自己完成的。)

泥土的形状不断改变,是在手的拉扯和挤压间变化。但是因为速度很快,反而不觉得手在用力,只感觉到老师父宽厚的背膊都高耸拱起,好像力搏野兽般地用劲。他的手却只是轻轻触碰着泥土,泥土如同有了符咒的力量,开始向上旋转。

一具大缸底座的容器空间逐渐形成了。底座直径大约三十厘米,器壁四周微微向外张扬,构成细微的弧线。

拉坯拉到三十厘米左右,老师父停止了。他把推动辘轮的右脚搁下,两手收回,安静地端视着刚刚成形的大缸粗坯,和他的体形一样,重大厚实,很难动摇。

"底圈要放在屋脚阴凉处阴干,等土质稳定了,再用泥条盘筑的方法接续上半部。"

老师父搬来一座已经阴干好的缸底,另外揉了一团土。把土扯成手臂粗的泥条,在底座的上缘快速地盘筑起来。泥条像蛇,盘绕而上,逐渐堆高,完成了一只高有六十多厘米的水缸。

"现在没有人用这种大土缸了。满街都是塑胶缸,又轻便,又便宜。"

老师父又一面修整缸缘的泥土,做出一圈弧形的器边。又用席子衬垫在泥土表面,右手执木槌,轻轻在还潮湿的器表拍打,使原来条状的泥土融和成一片,泥土表面也印上了一条一条编织的席纹。

"那为什么还要做?"

"不做这个,做什么呢?"老师父摊开染满黄泥的大手,憨直地笑着,"从十六岁学做缸,四十多年了,最盛的时候,一天做四百个粗坯,远近都夸耀赞美说:是能干的师父。"

他又揉了一堆土放在辘轮上,自言自语地说:"不做这个,做什么呢?"

（黄猫身上有虎的斑纹。在蚂蚁抬着一只彩蝶的尸体移动时，它眯着眼，仿佛没有看见，兀自笑着。紫色木槿花在夏日的风里轻轻摇动。有人的声音从窗口传出，远远的，觉得是在斥骂孩子，又像是叮咛丈夫到镇上买什么东西。黄猫竖起耳朵听了一会儿，睁开眼睛，看着渐行渐远的蝴蝶的尸体。也许是夏天午后常有的阵雨将至，远处云间传来一阵阵低吼般的沉闷的雷声。）

整个村落都是缸。大大小小的缸，重重叠叠，一落一落堆成山。有的用粗草绳捆扎，有的大大小小套在一起，歪倒了下来，砸碎了，压裂了，散置在院落、街道、斜斜的山坡上。木槿一丛一丛开紫色的花，也夹杂着美人蕉，黄的、红的俗艳色彩，招来四处飞舞的彩蝶，钻进花里，蠕动着，吸食着甜腻的蜜。

一名姓潘的十六岁少年站在堆满了缸的土坡上。手叉在腰间，踌躇自满地俯瞰浊水溪从高山间的源头远远流来。夏季的河流露出大大小小的河床，河床上满是卵石，丛生着杂草。水流不大，在卵石间形成清浅的水塘，牵牛的儿童仰躺在卵石地上看天上的云。云飘拂过的影子每一朵都像水牛的动作，而真的水牛泡在水塘里翻滚，使一塘水都变成黄泥般混浊。

从斜斜的土坡上下来，老师父肩膊间特别巨大的关节骨骼架子，特别厚实有劲的肌肉，使他走路的样子也蹒跚如一

Unrelated to Time

头身躯笨重的牛。他走进无数大缸堆到天际围出的小路,他满意地看着,一直堆到天顶都是缸,一直延长到天边都是缸。他听到大缸里一些寄食的猫的争吵声,轻轻走近,一跺脚,把猫吓得一阵烟逃窜而去。老师父独自哈哈大笑,两手叉在腰间,又看了一次缸的上方一条窄窄的但颜色蓝得仿佛滴出水来的故乡的天。

少年白河

整排的芒果树。粗大的树干,临马路的一边,横生的树枝都被截断。树的枝叶集中在顶梢。隔着马路,两排树梢连接成浓密的树荫,像一条绿荫的隧道,把火烈炙热的阳光筛成一小片一小片金色的圆点。骑脚踏车过去的中学生抬起头,眯着眼睛,看树叶间隙中闪亮的金色圆点。浓密的树叶间夹杂着一枝一枝向下垂挂的芒果。还很生涩的芒果,像一根一根手指,比树叶的颜色浅一点,青青的,中学生咽一下口水,好像感觉到青芒果辛烈的酸味。

(母亲用浅青色的粉笔在白布上画出几条线。觉得不确定,又拿起来在女儿身上比一比。女儿的肩膀更宽了。她低头偷窥了一眼女儿的胸部,忽然觉得两颊发烧,好像害怕女儿发现自己脸上的红晕,急急说:"好了,去做功课吧。"随即用两枚大头针别在布上做记号。等女儿离开了,她拿着剪刀,望着两枚大头针发呆。"那是女儿的肩宽啊!"她兀自感叹着。一刀剪下去,听到咔嚓金属和布匹绞剪的声音。

白布剪成了一个人形,有领口,有两肩,有腋下,有对襟的胸口,有她刻意绞成微微弧线的腰身。)

所以那个夏日的小镇是你初初长成的记忆。仿佛一把冰凉的剪刀沿着温热赤裸的肉体剪去。她感觉到剪刀冷冷地贴着肉,贴着颈脖和肩窝,微微的酥痒。她想笑,但又有点害怕。"母亲的剪刀,会不会剪到肉啊!"她这样想。母亲似乎很笃定,用皮尺量了肩宽,量她的胸部。她呼吸急促起来,觉得皮尺绷得很紧,绷得透不过气,觉得要窒息了,额头上冒着轻微的汗。

(当父亲渐渐走远的时候,听到母亲那一架胜家牌的缝衣机咯噔咯噔响起来。缝衣机的针在布匹上嗒嗒嗒打下细密的针脚。)

"关于户口稽核的事,派出所的员警在准备资料,日子确定了,先把通知发到每一户去。"父亲是小镇上受尊敬的警察,他骑着脚踏车经过镇上时,两旁的摊贩都向他致意:"李桑,坐一下。"

但是父亲是道貌岸然的。他的老旧的卡其制服,黑色皮鞋,头上的一顶大盘帽,都没有改换过。他在小镇上是不会改变的一个画面。他骑脚踏车上班与下班的时间也都固定不变。他像一张照片,一直放在电视机上的一张黑白照片,有一天发现了，用手拂去上面的尘灰，才发现父亲已经退休，已经逝世，穿着那一套卡其制服火化。

（"母亲啊，小镇什么时候种起荷花来了。"）

好像在许多冥纸的火光里飞升起来的荷花。一片一片，一朵一朵，一瓣一瓣，漫天飞扬开来。

路边仍然堆着一堆一堆肥硕的芒果。青绿色的厚皮上渗出许多黑污的黏稠汁液，结成斑渍，非常黏手。采收的人一身都是芒果的气味。他们脱去了上衣，身上皮肤晒得黑亮黑亮，在炎热的季节，芒果的气味和男人肉体上汗的热味一同蒸腾着。一种强烈的夏天的气味，一种原始的肉体的气味。到处留着浓黄黏稠的汁液，留在白棉布衣服上，洗都洗不干净。

（她搓着肥皂，泡沫一堆一堆冒起来，水里有肥皂的碱香味，很像夏天冰在冰块上的糯米粽子。而母亲的剪刀剪到腰际了。冰冰凉凉的金属，在那么怕痒的腰的两侧贴着皮肤上上下下。"不要那么贴身吧！"她央求着，"不要那么贴身。"她希望自己是在肥皂泡沫中慢慢恢复清澄的河水。泡沫都流走了，河水漂着洁净透明的白棉布。没有一点污渍的白棉布，一个夏天的芒果和男人肉体上的气味都流去了。）

"我要在下一个车站下车。"

她跨过一篓一篓的莲蓬，裙子边被竹篓挂着。她弯下腰解开。妇人忙移动竹篓，赔笑着说："失礼，失礼！"

许多不认识的妇人坐在街边。（如果这时父亲骑脚踏车咯噔咯噔经过呢？）她看到妇人戴着斗笠，动作迅速地把莲蓬剥开。莲蓬中一粒一粒饱满圆肥而且洁白的莲子，好像洗完澡的肚脐，露着好奇似婴儿的顽皮神情。

莲子剥净了，放在一只大铝盆里。妇人们取笑着，说那像一粒姑娘的奶。一名闲坐无事的欧吉桑觉得这是淫猥而且不伦不类的比喻。妇人们因为欧吉桑的愤愤，越发放肆爆笑起来，并向欧吉桑调情起来。欧吉桑生气地离去。他一直走到荷花田的小路中。已经是夏末秋初，但是天气依然燠热。亮烈的阳光照在荷叶上，荷叶一片一片形成各种变幻不定的绿色的光影。莲蓬已经采收了，但是似乎还疏疏落落开着一些艳粉色的荷花。花朵衬在绿色的荷叶上，随风摇曳。欧吉桑咂咂嘴，好像要赞叹，也似乎找不到适合的句子，只好继续站在花田间抬头看荷叶的绿，花的粉红，天的湛蓝。

"怎么荷叶都这么高啊！"

一个中学生远远走来，白色的制服上映满绿叶的光影。她喜悦地仰头看上面重重叠叠的荷叶，忽然看到父亲在花叶的另一端凝视着她，苍老而且看起来有点怒气。她吃了一惊，把书包抱在胸前，赶紧摆摆手，她身后那正要说话的男学生便一溜烟跑了。

少年八里

　　台风常常在炎热持续很长一段时间之后突然来临。

　　夏日午后,蓝色的天空变得异常明亮,少数几朵洁净的白云,飘浮在高高的天上,黄昏时分,西边像火烧一样红彤彤的晚霞,使河边的人都驻足凝望。

　　"要起风台了。"上了年纪的石工看着天色这样说。

　　空气中有一种宁静,除了电钻吱吱钻在石床上的声音之外,甚至可以听到一波一波扑向岸边涨潮的声音。

　　纯净的日光,使山的轮廓显得清晰。山棱的每一个块面,因为日光的向背,产生光线强烈的反差。向光的块面释放出饱和明亮的绿,一种流动着的绿,仿佛融化成了稠浓的液体。

背光的部分则暗郁沉重,近于墨黑,似乎躲在不可测知的深处,显现了大山的神秘深邃。

(夕阳在山的背后,整个天空已经通红了。山,因为背向阳光,只剩一条棱线的光。山形陡峭,几个秀丽的尖尖的山峰,看起来像人的侧面,像额角、鼻头、翘起的嘴唇,也像下巴。人们觉得这山的棱线像一尊仰躺的观音,也因此为山命了名字。)

这座山长久以来出产石材。黑色质地细密的石块、石板,从山上开采下来,沿着山脚堆放。山脚一路可以看到大大小小的雕石工厂。大多以钢铁做骨架,建起结构粗壮巨大的厂房,上面搭建石棉瓦或铁皮屋顶。

有些工厂裁切石板成大大小小的建材,用来提供给买主修建墓圹,或铺设地砖。有些工厂则经营龙柱、石狮的雕造,老师傅带着数名学徒,从早至晚,叮叮当当,成为一兴盛的产业。

(他从石粉、石屑飞扬的厂房里走出来。立刻感觉到夕阳的明亮煦烂。他不太能够形容,但仍然深吸了一口气,仿佛从肺腑深处赞美着:"这样的夕阳啊!")

他走到河边,对着汹汹的大河小便。觉得河面有微微的风吹来，吹在他宽厚的胸膛上。他因为每日打石劳作，胸肌和手臂、肩膊都结实饱满。胸口密聚着细细的黑色石屑，混合着油腻的汗，一条一条，细小如溪流，涓涓滴滴，从鼓胀的胸脯汇聚而下，一直延伸到腰腹间的肚脐，好像一枚黑色幽静的水潭。

河水涨潮时，一片一片的水，漫过河边的土地，渗透进沙土的隙缝和洼洞，也漫过了大约一尺高的红树林。

红树林上结着一条一条像手指一样的水笔仔。

（他无事时从水边捞起一支水笔仔。把外面一层绿色的包膜撕开，窥探包膜里一株已经成形的小树。）

在海河交界的湿土地带，潮水来去，使植物种子难以固定在土壤中。水笔仔便把树种在包膜中孕育成形。借着水笔仔笔尖一样的锐利，落下时可以直接插入湿土中，使小树顺利成长。

他剥开了水笔仔的包膜，把小树拿在手中把玩。小树稚嫩的根茎，在他粗糙长满茧的劳动的掌上，好像期待呵护、渴望爱怜的婴儿。

（它应该这样成长吗？或者它将注定在这粗糙的掌上结

束尚未开始的生命？）

在一个彷徨的假日，他沿河岸走向海口。

许多从上游冲积在凹处的垃圾。

有断头断脚的洋娃娃。

有死猪或死猫的尸体，使一群夏日蝇蚋嗡聚着，人一走近，便轰一声散去。有单只的皮鞋，歪扭着躺在泥泞中。

退潮以后的螃蟹便从皮鞋中钻出，探出头来，仿佛寻找着失落鞋子的脚踝和脚趾。他的每一根脚趾都被黑色的泥泞污染了，只露出一截白白粉粉的趾甲和指头。

（老石工说，这条河多年前常常漂来女人的尸体。在即将出海的河湾里徘徊游荡，不肯离去。也有女人身上还背着出生未久的婴孩，张着仿佛犹在索乳的嘴巴，没有长牙齿的嘴巴，看起来特别令人凄惶。）

所以，河岸长长的有八里那么长吗？都排列着上游人们的故事。他问："那女人是自杀呢？或是被弃尸？"老石工没有回答。只是喃喃自语，又要做风台了。便抬头看向那火红红的西边的天空。

跨过一堆一堆的垃圾,他渐渐不觉得恶臭的气味了。

从对岸有一艘机器马达的船,来回渡着这一岸和那一岸的过客。

这一岸的过客常常是办完丧事,踩着山脚下新坟土的黄泥,一脸沮丧,端着供品或神主牌,站在船头上口中念经文或咒语。

那一岸的过客多来吃孔雀蛤。看烈火中蛤贝张开,蛤肉和九层塔的菜叶及大蒜一起爆开辛辣刺激的味道。

(很长很长的一条红云,从这一岸一直拖到那一岸。一种很不甘心的红色,一种很不甘心的纠缠,拖着、牵挂着、撕扯着,在老石工说的"风台"要来之前。)他在岸边看到一块标志着"十三行遗址"的牌子,停止继续走下去。

遗址中有一些方方的坑洞。坑洞里一个侧身蜷曲的白色的人的骸骨。旁边还有一副一样姿势蜷曲的比较小的骸骨。(是小孩的骸骨吧?他这样想。)

他不十分能够了解注释的牌子上所说"屈身侧葬"的意思。

他走到一只瓮缸前,看着瓮缸上陶土的质地和一些编织的席子或绳子留在表面的痕迹。

（如果有一个史前的坑洞是空的，或许我愿意侧身弯曲着身体躺进去，试一试自己身体的长度与坑洞的比例。也许那从史前一直空着的坑洞，才是我真正应该诞生的母胎。我要使自己的身体越发像未出生以前的曲蜷在母亲子宫中的样子，我才能够再一次回到你我相识之前的状态。）

他如果在河岸上再走下去，便将看到即将登陆的飓风了。在晚云都散去的时刻，他终于感觉到大地在风暴中微微震动的力量，仿佛他压着电钻的手，在巨大的石块上的震动，他的每一块肌肉都苏醒了起来。

辑九

情不自禁

「痛」是一种危险的警告，
「痛」使生物在毁灭的边缘停住。
因此肉体上的「痛」是一种拯救。
而心灵和精神上的「痛」呢？

○

被各种欲望灼伤的心灵上的记号，
是比肉体上的痛更难以承受的吧。

大仙院

手被沸腾的水泼出烫伤了。

他起初一愣,并未感觉疼痛,倒是脑中闪过一丝愠怒,对于这样容易泼洒出热水的饮水壶的设计有一种抱怨吧。

沸水烫过左手掌的手背,一大块如碗口般的红肿即时在冒着热气中形成了。

他呆看了一会儿,一时不知如何处理。随即想到含薄荷的凉性油膏或许有减少灼伤的功能吧。

他在手背上薄薄涂了一层油膏;而这时,火烧一般痛辣的感觉已在皮肤下如沸腾的水鼓动蔓延开来。

他从来没有这样感觉过身体某个部位如此真实的存在。

拔牙也许有点近似。但拔牙时注射了麻药，只感觉到一种沁入骨髓的谋杀般的声音迫害着脑的思维。因此，拔牙是一种理智上的痛吧，好像是"知道"着痛而使脑中产生了恐惧。

然而皮肤上烫灼的感觉纯粹是肉体上的痛，非常感官的痛。

"烫伤应该用冷水冲的。"Y这样说。

他于是把手移到水槽中，用冷水冲着。

灼热的感觉顿时减低了，冰冷的一丝一丝的水流，仿佛一种有薄薄锋刃的刀，划开皮肤，把火辣的痛释放出来。

冰冷和灼热交替着，肉体经历着受伤和愈合，经历着冷和热，经历着痛和安抚，经历着毁坏和生成的过程。

他异常清醒地凝视着自己的痛，仿佛这痛是纷乱欲望里肉体唯一的救赎。

"外面下雪了吗？"他想到预定好的行程，想到寺庙庭园里茶树绿色叶子上夜晚被霜雪渍白的痕迹。

"没有！"Y走来在他火燎一般剧痛的手背上吻了一下。

Y平日丰厚柔软的唇，越发给他世俗的欲望的挑拨。仿佛那因为不断爱抚Y的肉体的手，因此在无度的欲望里灼伤了。那一块像火一样燃烧起来的肉体，相对于其他身体的部分，成为唯一存在、渴望存在、剧烈欲望着的肉体。他几乎要被这样具体的肉体渴望感动而泫然欲泣了，但想到单纯快乐的Y的兴致，他便背转过去，遮蔽了眼中的泪水。

空气中有一些不易察觉的细雪，必须借着阳光才看得见，像细小的昆虫在空中飞舞着。

他把右手插在大衣口袋中取暖，灼伤的左手则暴露在冰凉的空气中。冻僵的手上仍然间隔约莫十分钟会有一阵剧烈的灼痛。好像许多血液汹涌而来，好像皮肤下微血管要肿胀爆裂了，每一个皮下的细胞都在撕裂。他很冷静地感觉着那固定时间来袭的痛，以及痛到一定程度逐渐缓和下来的平静。每当剧痛来临时，他变得特别专注，好像古代为理念殉道的刚烈之士端正凝视着酷刑一般，这比起微不足道的肉体上的痛，也使他一时严肃了起来。

记得一位生物学家说过："生物最应该感谢的是痛的感觉；没有'痛'，也就没有生命的进展。"

他大约了解这名生物学家的意思,生物的确因为各种"痛"的经验,才有了存活下来的可能。

"痛"是一种危险的警告,"痛"使生物在毁灭的边缘停住。

因此肉体上的"痛"是一种拯救。

而心灵和精神上的"痛"呢?

只有人类或较高等的生物有着各式各样心灵上的痛。被各种欲望灼伤的心灵上的记号,也像他手背上那烫辣撕裂的剧痛,是比肉体上的痛更难以承受的吧。

他逐渐知道了手背上痛楚袭来的时间,他用专注的精神上的强度迎接那肉体上的痛,他竟然感觉到自己精神强度凝聚成的一种饱满的喜悦,一种精神上的满足感吧。

这便是许多宗教中所说的那经由肉体的痛而获得的精神上的信仰吗?

他想念起中学时在寄宿学校祷告时面对的耶稣钉在十字架上的像。非常美丽而庄严的男体,手掌上有明显的一根铁钉穿过。这应当是非常剧痛的吧?一只铁钉以巨力插入手掌的掌心，戳破皮肉，甚至钉碎了掌骨，牢牢地钉在木架上。然而，跪着祷告的学生，没有人感觉到痛，没有感觉到酷刑，耶稣的脸上安静祥和，仿佛使他整个肉体的痛变成一种精神的救赎。

在大德寺的大仙院，他和 Y 跪坐在古岳禅师的塑像前，清晨的阳光斜射进门扉，照在 Y 的后背和颈上。Y 从低矮的跪坐的姿势，向上仰视着佛龛垂挂的幡幕里禅师塑像的表情。

他悄悄把烫伤的手移向阳光，看到红肿和微微起泡的现象，在明亮的光线下检查自己肉体灼伤的痕迹，他仿佛听到屋檐下水漏的雨滴缓缓流入屋角的土中。

"手中拿的什么呢？"Y 这样问，仍然保持着仰视神龛，像是祈祷的姿势。

"是策杖吧。"他说。

"策杖？"Y 有些不解。

"禅师用来鞭策学生的，就是禅宗棒喝的功课。"他补充说。

他喜欢看 Y 这种不自觉的虔敬的姿势，不像他平日所熟习的饱满丰厚的 Y 的肉体，好像减少了一些官能上的欲望，使 Y 的脸上多了一种清明。

Y 微笑着，似乎这样跪坐着仰视一尊禅师的塑像，也给了他些许喜悦。阳光从他的后颈部缓缓移照在他右侧的脸颊上。Y 微笑着的柔软而形态饱满的红色的嘴唇，使他想起昨日院中不知道为什么经历深冬而犹未凋谢的一簇特别艳红的枫叶。

"啊——"Y 听到空中一种金属的声音，"响钟了！"

"是磬吧！"他侧耳倾听留在空中久久不去的细细回声。

空中的磬的回声，手背上灼烧的痛的延续，榻榻米上阳光缓缓地移动，Y 的美丽的肉体一寸一寸地离去，屋檐水漏雨滴流渗入土中……他茫然地想着感官上的事，好像是不舍、眷爱，似乎只是参悟一种机锋，觉得应该有一条策杖在身上重重一击。

一名圆脸的少女引他们去饮抹茶。绕过方丈堂的后廊，右转，透过一扇钟形的窗，廊下一方小小的枯山水石庭，铺着白石沙的庭院，梳出水纹，一艘船形石在水流中行过。

"船行江心。"他说。

"嗯？"Y或许以为有什么寓意吧，等待着解释。

他却只是望着那一方石庭发呆，从灼伤的手的指缝间看那石船，仿佛真的在移动，沙石上的水纹也汹涌了起来。

圆脸的少女等他看完石庭，咻咻笑了起来。

她是一个长得很世俗的女子，和寺院的清净空灵完全不相称。涂了很红的唇膏，浅紫色的眼影，在唇下有一颗圆圆的痣，在她笑时，那颗痣就越发显明跳动。

女子请他们在茶间坐下。从火炉上拿起黑铁的水壶，把沸水冲进装了绿色茶末的陶碗，用细竹篾编的小刷子用力在碗中搅拌，绿色的茶末浮起一层泡沫，使他想起夏日故乡满是浮萍的绿色水塘。

他啜了一口茶，举起陶碗，看碗的外缘淡青色的釉。

女子看到他手背上起泡红肿的灼伤，夸张地睁大了眼睛，流露出关心的表情。

他指一指火炉上黑铁壶的沸水，指一指自己的手背，女子"啊……"地惊叫起来，随即皱着眉头表示着痛苦。

他对这样世俗的关切觉得异常温暖，"肉体上的痛还是比较引起关切吧……"他心里这样想。

"但是心灵上的痛呢？"他见 Y 走去远方，"例如：亲人的死亡、爱人的离去、战争或灾难里财物的消失、事业的挫败、梦想与愿望的幻灭。人在一生将要经历的种种心灵上的苦痛，比起肉体上的痛，也许更难以承担，也更难以被他人了解，更难引起关切，只是在孤独中更无助地承受剧痛吧！"

他放下茶盏，凝视自己灼伤的手，仿佛在凝视另一处肉体上被欲望灼伤的不可见的痛。

茶间很小，铺了红色的毛毯，因为矮几上火炉烧得很旺，室内颇温暖，水壶中沸腾的蒸汽袅袅上升。他环顾了四周，室中没有其他摆饰，只有入口的龛间，挂了一幅长条轴的草书，署古岳宗亘，是大仙院开山的祖师笔迹了。条轴下一张茶几，素净的瓶中供着一枝白菊。

他等了许久，不知 Y 去了哪里。

从茶间出来，经过"船行江心"的石庭。走到廊道的尽头，想厕所或许就在这一处。打开门，却见到方才为他们抹茶的少女与一名男子在暗处拥吻着。彼此都吓了一跳，他匆忙把门关上，仍然看到女子唇下那颗跳动的黑痣，在濡湿欲望的红唇下，刺眼地留在他的视觉中，久久不去。

寺庙里这样安静，方丈室前的石庭只有冬日的阳光缓缓移动。他记忆起古岳禅师塑像严肃而又悲悯的脸，手中举着长长的策杖，而Y虔敬如婴儿一般微笑的侧脸也在瞬间亮起的光线中出现。他伸手去触摸那婴儿般的脸庞，感觉到灼热发烫的受伤的手，沾上了冰冷的在阳光中飞舞的细雪，仿佛一种安慰。

全日空

"全日空。"

他在这个使用汉字,但是意义常常大不相同的国度遇见了 Y。那天是冬季里有阳光而又飘雨的天气。岁末,许多人都怏怏地赶回家去,并没有迎接新年的喜悦,反而是漫长的一年将尽时说不出的疲倦之感吧。

他从城市西边一带风景著名的丘陵由北向南走去。

经过一些古老的寺庙,他闲步逛了一回,好像张望一下神佛是否都端坐无恙。见一切如常,也就放心到寺院山后的参天竹林小路上去散步,听竹林在风中缓缓相碰的空空声,以及黑色乌鸦从古木上飞起呱呱的鸣叫。

接近黄昏的时候,岚山山头的厚厚层云中透着一种很受抑压的晚照的血红色。知道是夕阳了,但全没有霞彩的灿烂,倒是破棉絮堆一样的云层,闷着血色,觉得是受伤缠裹着纱布棉花的天空。"很苦闷悲惨的黄昏啊——"Y走到桂川水边看缩着颈子睡眠的鱼鹰，它们任由河流中鱼群来去，好像也没有动念捕捉的杀机。

听说这一带是有温泉的。他想，在这连牵着爱人的手都还寒凉如此的岁末黄昏，可以浸泡一次热腾腾的温泉将是惬意的事吧。

他便沿河寻找着悬挂有"汤"的招牌的浴堂或旅舍。

大部分店里的女侍都无法与他有相通的语言。女侍们便在小便条纸上写着"宿""泊""夕食"多少元，这样简单的汉字与价目，热心地给他们意见。

但是他并不想住宿或晚餐。他只想浸泡在热的泉水中，使自己冰冷的四肢可以恢复感觉，可以重新感觉握在掌中的爱人的手的温暖体温。

天色几乎暗到难以辨识山峰的轮廓了。

记忆中夹在山峰间那一丝丝苦闷的血红色也全部消失了，好像洗过的血迹，除了Y的记忆中存留着那些红色，天空上已全是一片墨黑的光了。

他转回桂川的岸边,因为寒冷吧,岸边几乎无行人。

"夏天时这里是游客众多的地方啊!"他说。

"祇园祭时,人们会在岸边以杉木片书写亡故亲友的名字,点上蜡烛,祝愿之后,放在水中漂去,以召唤亲友的魂魄。"

"一片明晃晃的烛光,在阒静的河面上缓缓流去,觉得死去和犹活着的生命都在以同样的速度如此流逝而去。"

所以他牵着 Y 的手走上了渡月桥,想在桥上看大河映照着灯的夜晚的波光。

"啊!你便是 C 先生吧!"

听到那有些稚嫩的声音时,他于是有些恍惚。

那像是从很久远的前世的时间传送来的招呼问讯的声音。

"是啊——"C 的恍惚使他一时不知措辞,他便说,"怎么会在渡月桥相遇了。"

Unrelated to Time

那只是一名喜好文学的 T 岛来的青年吧，因为意外的相遇，也有些腼腆。

Y 则看着桥下流水，听到某处教会庆祝耶稣诞生的平安夜的歌声，快乐地说："今天是平安夜。"他和意外相遇的青年以乡音交谈了几句，觉得有许多话要说，但一时想不起来，也就互道再见，握手告别了。

"全日空。"

两天之后他搭机离开这个大量使用汉字的国度，在机场看到这样的航空的名称，觉得真实的记忆似乎已无法与虚构的故事分辨了。但每次的记忆与虚构梦想并未使继续下去的生活有任何遗憾，反倒是如同散步在渡月桥上那稚嫩的声音与文学青年的脸，使他久久忘怀不去。

辑十

写 给 Ly's M 1999

Ly's M

爱无法被简化，

我仍然愿意用一句一句的诗，

细细地织出我的思念；

我仍然愿意回到画布前，

○

一笔一笔，用最安静眷恋的心，

重新创造出深藏在我心中你全部肉体与心灵上的完美。

帝国属于历史，夕阳属于神话

向南飞行的时候，朝向西边望去，云层的上端是一片清澄如宝石的蓝色，透明洁净。在近黄昏的时分，低沉入云层的太阳反射出血红的光。衬托在湛蓝纯净天空中的血红，像一种没有时间意义的风景；没有历史，没有文明，只有洪荒与神话。

Ly's M，你想象过创世记之前的风景吗？

没有白日与黑夜，没有水与陆地，没有季节与岁月。在一切还没有被定名和分类之前，在那巨大的混沌里，却蕴蓄着无限创造的力量。"无，名天地之母"的时刻，我在那时，已注定了要和你相遇，在不可计量的时间的毁灭中，经验爱、经验相聚与分离，经验成、住，也经验坏、空。

在飞行缓缓下降的时候，这个长长地向南伸入海洋的如长靴一般的陆地，露出它美丽的海岸。在血色加重的夕阳中，慢慢看到了高矗在广大废墟中断裂的巨大石柱，使人记起这里曾经有过的帝国。

帝国属于历史,但是,夕阳属于神话。

Ly's M,我对你的爱,你应该知道,将不属于历史,它将长久被阅读传诵,成为一则神话。

在七座山丘之间,一对吸吮母狼奶汁长大的兄弟,建造了这座不朽的城市。

在用马赛克拼聚成的图像里,可以辨认一些已经碎裂却粗具人形的城市祖先。好像在逐渐被时间逼退的时刻,仍然顽固地对抗着即将来临的消失的命运。

我在处处是废墟的城市中行走,阅读历史,也阅读神话。好像过去与现在并存着,好像祖先与子嗣同时存在,好像幽灵与血肉的身躯共同生活。历史上谋杀的血迹,在柱石的废墟间开成艳红的花朵。所以,历史更像神话,我们也仍然是嗜食母狼之乳的子嗣,有一切兽的品行,有热烈的交媾繁殖与残酷暴烈的屠杀。

帝国的故事便从交媾与屠杀开始了。

Ly's M,我坐在废墟之中,思念你,如同思念这里曾经有

Unrelated to Time

过的帝国。

你使我了解到历史如此虚幻。当我依靠你时，也如同依靠着帝国的荣耀；或许，一刹那间，我们的爱也都将尽成废墟吧。

但是，我还是借着夕阳最后的光辉，在废墟里走了又走。行走在巨大的石柱间，那被夕阳的光线映照得更显壮伟的拱顶，那石柱顶端雕饰华丽的茛苕叶形的柱头，那些深凹的龛和深洞，原来有着人或动物活动的空间，好像挖去了眼瞳的空洞的眶，没有表情地凝视着时光。

我确定你和我在一起，从那古老的神话开始，共同认识了星球、黎明和黄昏，共同认识了海洋和陆地的诞生，为水藻与贝类选取了美丽的名字。当彩色的虹在雨后的天空出现，我们的爱有了最初的誓言。Ly's M，在寻找你的时刻，我要用闪亮如镜面的黄金盾牌和弯曲的剑，通过许多妖魅的阻碍。但是，风声和洪水使海峡的浪涛如此汹涌，我完全忘记，一片月桂叶可以如此笃定，渡我到你的岸边。

我在废墟中拾起一片枯黄的月桂叶，圆圆的满月已经升在城市的上空，我知道此刻你在睡梦中有了笑声。

我看到你完全看不到的宿命；看到你好几次的死亡；看

到我悲痛的哭泣；看到你被雕塑成石像，立在帝国的疆城之中；看到我的诗句铭刻在纪念你的碑文上。

然后我独自在满月的光华中走入橄榄林去。

许多自相交配的野猫在林中流窜。它们灰色的眼瞳，轻盈如鬼魅的脚步，因为微笑而颤动的触须，都曾因为你的宠爱而被我记忆。我如此清晰看见你在那冬日的树下蹲伏着，用手来回抚摸那猫的背脊；我在那弓起的猫的背脊上看到你轻柔的手指。每一根手指我都如此熟悉，仿佛乐师们熟悉他们的琴弦。我静默无语，觉得每一个满月我都仍然在这片依靠着废墟的树林中等待你，等待你从一次又一次的死亡中走回来，如同往昔，在我枕畔呼吸。

这个城市，每在满月，仍然可以听到母狼的叫声。

在蜿蜒的河流四周分布的七座山丘，据说相应着天上的七座星宿。所以地上的故事只是神话的另一种流传，我如此一次又一次地阅读你的面容，便是因为那里有一切神话的征兆。

但是，你会走回来吗？

在月光和树影的错乱里，你可以借着我的诗句，重新找到最初的起点吗？重新战胜那么多次死亡的征兆，在我悲伤的挽歌中，如一片新生的月桂叶，轻轻降落在我手中。

Ly's M，你无法理解了，你无法理解一种思念可以通过历史，可以通过不可胜数的死亡与毁灭，可以通过最浩瀚的废墟，使我再次如此真实地看见你，如此真实地站立在我面前，如此真实地微笑着。

我从那些为了铭记战争胜利的门下走过，走到曾经拥挤着人群的市集。从东方被带来的奴隶和香料在这里贩卖，奴隶们信仰着不同的宗教，他们在被鞭打的时候，仍然跪着仰首祷告，祈求他们的神的赐福。

奴隶们被大批驱遣到巨大的圆形建筑里，被关在窄小的地牢中，等待节日时供野兽追捕吃食。这座圆形的巨大建筑可以容纳众多的贵族观赏奴隶们的死亡。各种酷刑，如同娱乐与游戏，使奴隶们受虐的哭叫呻吟成为节日庆典最丰盛的喜乐。

Ly's M，我们的祖先和我们一样，有一切兽的品行。

在那奔逃哭叫的人群中，Ly's M，我，唯独我，看见了你。看见你在褴褛衣裳下年轻的身体；看见你在酷刑的虐待中仍然完美的身体；看见你，在死亡的惊惧中，仍然没有失落的信仰的容颜，如此纯净，使我落泪。

你使所有压迫你的贵族黯然失色。在那时，我知道，一切深深射入你肉体的箭，都将一一折断。而那些血如泉涌的伤口，也将如花绽放。有历史不能理解的光辉将来荣耀你的身体。有新的宗教和新的信仰在你站立的土地上被尊奉和纪念。Ly's M，在那群叫嚣的淫乐的贵族中，我是唯一看见你的死亡，并因此流泪的一名。但我仍然是他们中的一员，我仍然背负着使众多的奴隶死去的罪行。在以后数十个世纪，将以思念你的酷刑流转于生死途中，思念你、爱恋你，成为护佑你的永不消失的魂魄。

在刑具仍被打造的年代，我已经偷偷在地窖中阅读了信仰的经典，使我在众多奴隶群中相信了爱与拯救的力量。我把经文编撰成简单易懂并且美丽的诗篇，教会那些常常动摇了信念的徒众，使他们相信在肉体的伤痛里仍然可以保有心灵的喜悦与富足。

所以，在这个从神话到历史的城市，人们可以再次了解，现世物质的繁华，权力的荣耀，并不如信仰那般坚固长久。Ly's M，我也因此确定，我对你的爱，单纯到没有故事可以叙述。我在物质和权力一贫如洗的境域爱上了你，这样一贫如洗的爱，你可以接纳，可以包容吗？

是的,在走过帝国的废墟之后,我知道,我是在一贫如洗中爱着生命的种种。在信仰的崇高里,使自己恢复成奴隶,乞求着真正的解放、宽容、救赎与爱。

Ly's M,你使我鄙弃了自己贵族的血缘,你使我第一次懂得了谦逊的意义。愿意放弃现世的荣华,愿意去背负刑具,和奴隶们一同走向为信仰受苦的道路。如此,我们才会通过一次又一次的死亡,再次相遇,再次以静静的微笑使对方相认。我们的爱是庸愚的俗众不能了解的。

肉身觉醒

我不知道是遗失了你，或是遗忘了你。我无法听到你的声音，我无法看到你的字迹，得不到你的讯息，甚至不再能确定你是否存在，存在于何处，存在于什么样的状态。

连我的思念也无法确定了。我开始疑问：我真的认识过你，拥抱过你，热烈地恋爱过你吗？

你最后说的话仿佛是："一切都如此虚罔。"

是什么原因使生命变得如此虚罔？亲情、友谊、爱、信仰与价值，在一刹那间土崩瓦解。Ly's M，在那最虚罔的沮丧里，我们还会记忆起曾经彼此许诺过的爱与祝福吗？

我行走在烈日赤旱的土地上。大约是三十七八摄氏度的高温。漫天尘土飞扬。我感觉到皮肤被阳光炙晒的烫痛。眼睛睁不开，日光白花花一片。我觉得在昏眩中仿佛有一滴泪水落下。落在干渴的土中,黄土上立刻有一粒湿润的深褐色斑痕,但随即又消失了。尘土飞扬起来,很快掩埋了斑痕。也许只有我自己仍记忆着有一滴泪落在某一处干旱的土中吧。

我走在热带丛林里一座被遗忘了数百年之久的古城废墟中。Ly's M,我的心和这古城一样荒芜。石柱倾颓,城墙断裂,藤蔓纠缠着宫殿的门窗。我在废墟中寻求你,寻找曾经存在的繁荣华丽,寻找那曾经相信过美与信仰的年代。

这个城叫作"吴哥",在十世纪前后,曾经是真腊国繁盛的王都所在。贾亚瓦曼王修建了方整的王城,有宽广的护城河,架在河上平直的石桥。石桥两侧是护桥的力士与神祇,抓着粗壮的大蛇的躯干,蛇身也就是桥边的护栏,桥端七个大蛇头高高昂起,雕镂精细,栩栩如生,使人想见繁盛时代入城的壮观。

城的中心有吴哥窟,"窟"从当地"WAT"的发音译成,原意应该是"寺庙"。

这是被喻为世界七大奇景之一的建筑,一部分是城市,一部分是寺庙;一部分属于人的生活,一部分留给神与信仰。

宽阔的护城河,有一级一级的台阶,可以亲近河水。水是从自然的河流引来，绕城一周，好像河水到了这里也徘徊流连了。

河中盛开着莲花，粉红色和白色两种。白色的梗蒂都是青色，常常被缚成一束，供在佛前。

男女们都喜欢在水中沐浴，映着日光，他们金铜色的胴体，也仿佛是水中生长起来的一种莲花。

几乎长年都有富足的阳光和雨水，人的身体也才能如莲花一般美丽吧。

男女们在水中咏唱，歌声和流水一起潺潺缓缓流去。小孩们泅泳至水深处，把头枕在巨大的莲叶上，浮浮沉沉。他们小小的金色的身体晃漾着，好像期待自己是绿色莲叶上一粒滚动的水珠。

水珠在一片莲叶上是如何被小心翼翼地承护着。风轻轻摇曳，似乎生怕一点点闪失，水珠就要溃散失灭了啊！Ly's M，你知道，我如何也时时在谨慎祈祝中，害怕失去你，害怕你会在一刹那间消逝，如同那溃散失灭的水珠，我再也无处寻找。

"一切都如此虚罔。"

Ly's M，什么是不虚罔的呢？国家、朝代、繁华、城市，以及莲叶上明亮晶莹的一滴水珠。

我在这个荒废于丛林中的城市中寻找你。一块一块石砌的城墙，因为某一天一粒花树的种子掉进了隙缝，因为充足的雨水和阳光使种子生了根，发了芽。花树长大了，松动了城墙的结构。石墙被苔藓风蚀，被藤蔓纠缠，被植物的根侵入，石墙崩坍了。最后巨大的城市与宫殿被一片丛林淹没。蛇鼠在这里蹿跳，蜥蜴和蜈蚣行走在废弃的宫殿的长廊上。Ly's M，经过好几百年，当这座城市重新被发现，到处都是蜘蛛结的网，每一个角落都麇集着腐烂发出恶臭的动物败坏的尸体。

"一切都如此虚罔！"

Ly's M，我们将任由内在的世界如此坏败下去吗？你知道一切的虚罔可能只是因为我们开始放弃了坚持。

我们光明华丽的城被弃守了。

我们放弃了爱与信仰的坚持。

我们退守在阴暗败坏的角落，我们说："一切都如此虚罔。"

我们曾经真正面临过历史、生命、时间与存在最本质的虚罔吗？

当我紧紧地拥抱着你的时刻，我知道那是彻底虚罔的吗？你的富裕的肉体，你的坚强的骨骼，你的饱满的渴望被爱抚与拥抱的肌肤，你的热烈的体温，你大胆表示着欲望的眼睛，你丰润鲜红的嘴唇，你的亢奋起来的身体的每一个部位，Ly's M，我在那激动的时刻，觉得眼中充满了泪。因为，我每一次都经历着一种真实，也经历着一种虚罔。知道你的肉体和青春，一如朝代与城市的繁华，一旦被弃守，就将开始败坏凋零；一旦丧失了爱的信仰，就将发出腐烂的气味；一旦把自己遗弃囚禁在室闷的黑暗中，纷乱的蛛网就将立刻在身体各个角落结成窠巢了。

Ly's M，你真的看到过虚罔吗？

莲花池的水干涸了。莲花被杂草吞没。许多肥大的鳄鱼在泥泞中觅食。枯木上停栖着几只乌龟，伸长了颈项，凝视着暴烈的阳光，一动也不动，仿佛它们预知了虚罔，预知了生命与死亡没有差别的寂静状态。

你还要看更虚罔的景象吗？

那些用石块堆叠到直入云霄的寺庙的高处，高达数丈的巨大佛头，崩散碎裂了，仍然可以看到维持着一贯笑容的嘴角微微上扬，那样宁静、端正、悲悯的笑容，Ly' s M，如同你在某一个清晨对我的微笑。而今，我应该了解，那一切不过是虚罔吗？

这里不只是一个倾颓的宫殿，这里是一个弃守的王朝，一个弃守的城市。因为敌人的一次入侵，他们忽然对自己的繁华完全失去了信心。他们决定迁都，他们决定离开，他们无法再面对现实中困难的部分。他们跟自己说："放弃吧！"于是这个繁华美丽的城市便被弃置在荒烟蔓草中了。

Ly's M，我们也要如此离弃爱与信仰吗？

我走在这废弃荒芜的城市，仿佛每一个巷弄都是你内在的心事，纠结缠绕在藤蔓、野草、虫豸和颓圮的石块中。但我仍然走进去了，走进那幽暗的、闭室的，微微透露着潮气与霉味的幽深而复杂的巷弄，看一看这个城市被弃守之后的荒凉。

Ly's M，我们的爱第一次如此被弃守了，如一座荒凉的城。

我攀登到城市的最高处，冒着倾颓崩垮的危险，爬上陡峭高峻的石阶，在断裂、松动的石阶上一步一步，渴望到达最高的顶端。那在遥远的高处向我微微笑着的佛的面容，他闭着双目，但他似乎看得见一切心事的悲苦。

"他看得见吗？"

同行的一名穿黑衣的德国青年尖锐地嘲讽着。

是的，Ly's M，他看得见吗？

我们无法了解，为什么盛放的花趋于凋零；我们无法了解，辉煌的宫殿倾颓成为废墟瓦砾；我们无法了解，青春的容颜一夕间枯槁如死灰；我们无法了解，彼此亲爱却无法长相厮守；我们无法了解，侮辱、冤屈、残酷有比圣洁、正直、平和更强大的力量。

"他看见我们看不见的。"我想这样说，但我看着那穿黑衣的青年愤懑的表情，心中有了不忍。

我们或许还活在巨大的无明之中吧。我们无法知道爱为何变成了冷漠，信任变成了怀疑，忠诚变成了背叛，关心变成了疏离，思念与牵挂变成固执在幽闭角落的自戕的痛楚。

我在瓦砾遍地、蔓草丛生的废墟中思念你，Ly's M，如果这个城市是牢固的，它为何如此荒芜了？我们的爱，若是坚定的，为何如此轻易就消逝断绝了？

我要借着你参悟爱的虚罔吗？如同历史借着这城市参悟了繁华的幻灭。

那竖立在城市最高处的巨大佛像，仍然以静定的微笑俯瞰一切。

"他看得见吗？"

在我攀登那长而窄的阶梯，几度目眩、几度心悸、几度腿软，在放弃的边缘，也许是那名穿黑衣的青年一句愤懑的话语，使我安抚了急促的喘息，安抚了躁动起来的心跳，想看一看信仰的高处，究竟看到了什么，或看不到什么。

Ly's M，我走在步履艰难的阶梯上，想遗忘你，想停止下来，不走了，想退回去，退到不认识你的时刻，想告诉自己："一切究竟只是虚罔。"

在炎炎的烈日下，我汗下如雨，气急心促，泪汩汩流溢。Ly's M，我看到许多无腿无臂的躯干，张着盲瞎的眼瞳，喑哑着声音，乞讨着一点钱和食物。他们布满喑聚在一级一级的台阶上。他们匍匐着，在台阶上如虫蛆一般蠕动。他们磨蹭在石块上留下的斑斑血迹，重重叠叠，好像繁花、好像朝代的故事，一路涂抹在通向最高佛所的路上，而佛仍如此静定微笑。

"他看得见吗？"

我大约了解了那穿黑衣的青年苦痛的呐喊了。

八百年前这个城市被弃守了，他们害怕邻近强大起来的国家。他们把国都搬迁到河流下游去，重新兴建了宫室。但是战争并没有因此停止，灾难在数百年间如噩梦一般纠缠着这个似乎遭天谴的国家。

废弃的王城墙壁上浮雕着载歌载舞的女子。她们梳着高髻、戴着宝冠。她们流盼着美丽的眼神，袒露着饱满如果实的胸脯。她们腰肢纤细，如蛇一般微微扭动。裸露的手臂和足踝上都戴着饰满铃铛的金镯饰物。一旦她们轻轻舞动，整个宁静的王城的廊下便响起了细碎悠扬的乐音。她们丰腴的肉体在岩石的浮雕中散发着浓郁的香味，穿过幽暗的长廊，仿佛述说着一次又一次毁灭与战争的故事。她们对毁灭无动于衷，她们自己也常常缺断了头脸，或者眉目被铲平了，或者因为宫殿结构崩塌，她们的身体也分裂开来，变成被肢解的肉体。

Ly's M，许多人来到这里，是为了观看及赞叹八百年前王城伟大的工程和雕刻及建筑艺术的华美精致,那些因为年久崩颓而肉体分离的美妙的天女浮雕的舞姿,虽然残破,仍然使观赏者啧啧称奇。

那穿黑衣的德国青年从遥远的地方来,也是为了欣赏久闻盛名的艺术之美吧。但是,他似乎被另一种画面震惊了。他们看到的不只是一个古代王城的崩溃瓦解,他看到每一个王城废墟的门口拥集着在战争中炸断手脚,被凌虐至眼盲、耳瞎、面目全非的各式各样活人的样貌。他们匍匐在地上,向来至面前的游客们磕头,求乞一点施舍。瞎眼的口中喃喃说着:"谢谢,谢谢。"喑哑的喉头咕噜着如被毒打的狗一般低沉而模糊不清的声音。炸断了手脚的,如一个怪异的肉球,在游客的脚下滚动攀爬,磨蹭出一地的血迹。

那穿黑衣的青年被眼前的景象震吓住了,他或许觉得"人"如此存在是一种耻辱与痛苦吧。如果"人"是可以如此难堪卑微如虫蛆般活下去,那么,那些宫殿墙壁上精美的天女舞姿,那些据说花费上万工匠精心雕凿的美术杰作,又都意义何在呢?

大河混浊着黄浓的泥沙,像一条泥泞之河,漂浮着腐臭的动物尸体和污秽垃圾,但是仍然汹涌浩荡地流下去。

Ly's M，我们会不会陷溺在这条泥泞的大河中，一切已开始腐烂败坏，却又不得不继续无目的地随波逐流下去。

不知道为什么，我恐惧你失去纯朴美丽的品质，远甚于我恐惧失去你。

我们若不认真耕耘，田地就要荒芜了。如同这样华美繁荣的城市，一旦被放弃了，就只是断砖残瓦的废墟。

我恐惧自己的改变，恐惧自己不阅读，不思考，不做身体的锻炼与心灵的修行，失去了反省与检查自己行为的能力。在镜子里凝视自己，看到肉体日复一日衰老，但仍能省察坚定的品格与信念，如同对你如此一清如水的爱恋。因此，我并不恐惧失去你，我恐惧着我们的爱恋也像许多人一样变成一种习惯，失去了共同创造的意义，变成一种形式，失去了真正使生活丰富的喜悦。

Ly's M，一个城市，没有努力活出自己的勇气，却以谈论他人的是非为口舌上的快乐，这个城市就不会有创造性的生活，也不会有创造性的文化。

但是，我要如何告诉你这些呢？我要如何使你在如此年轻美丽的岁月，不会掉进那些自己不快乐，也不允许他人快乐的愚庸的俗众的腐烂生活中去呢？

我凝视你，我想辨认我一向熟悉的你最优美的本质。我看到你在说话，嚅动的下唇上有一粒白色的脓点。我忍不住伸手轻轻触碰。我说："上火了吗？"

你被突如其来的动作打断，呆了一会儿，静下来，不再说话，但也仿佛一霎时不知道要说什么。

"痛不痛？"我问。

你仍然没有回答。

突然的静默横亘在我们中间。

静默似乎使人恐惧，但是，其实生命中静默的时刻远比喋喋不休的习惯重要；爱情也是如此，没有静默，是没有深情可言的。

我思维着我们之间的种种：爱、思念、欲望、离别的不舍、眷恋与依赖。但是，我们似乎也忽略了，各自在分离的时刻一种因为思念与爱恋对方而产生的学习与工作上的努力；在身体与心灵的修行上，我们都以此自负地进步着。如同每一次久别重逢，我们长久拥抱，在渴望对方的身体时，我们或许也是渴望着借此拥抱自己内在最隐秘、最华贵、最不轻易示人的崇高而洁净的部分吧。

我是如此真实而具体地爱恋着你。因为爱恋你而使得生命变得充实而且有不同的意义。

在圆月升起的夜晚，我低声读给你听新作的诗句；在潮汐静静袭来的清晨，看黎明的光从对岸的山头逐渐转亮；在全麻的画布上用手工制作的颜料，一笔一笔描绘你的容颜；在世界每一个城市的角落思念你，仿佛你一直近在身边，是孤独与寂寞时可以依靠的身体，也是欢欣喜悦时可以拥抱的身体。Ly's M，你对我如此真实而具体，从来不曾缺席过。

你曾经担心我在长久的旅途中因为想念你而孤独，寄来了裸身的照片。那些照片是美丽的。但是，Ly's M，我无法在照片中想念你。照片里没有你热烈的体温，照片里无法嗅到你如夏日土地一般旷野的气味。照片里也没有使我感觉到你如同退潮时逐渐新露出来的沙地一般平整细致的肌肤的质地。Ly's M，爱无法被简化，我仍然愿意用一句一句的诗，细细地织出我的思念；我仍然愿意回到画布前，一笔一笔，用最安静眷恋的心，重新创造出深藏在我心中你全部肉体与心灵上的完美。

在我的思念和眷恋中，你不曾缺席过。

在走过最悲苦的土地时，都因为有对你的爱恋，使我相信一切人世间的境域都将如你的心地一般华美充实。

许多乞丐像觅食的苍蝇，麇集在外来的观光客身旁。观光客不断掏出钱来，他们给着给着，从原来真心的怜悯悲哀，变成厌烦，变成愤怒。他们似乎憎恨着自己的无情，"怎么可以对人间的苦难视而不见呢！"他们在心里不能饶恕自己。但是在战争中的受虐者实在太多了，那些无人照顾的孩子，三岁四岁，像被遗弃的狗，脏臭丑陋，围绕在观光客前："一元，一元。"用怪异的英语重复着同样的词语。

观光客掏光了所有的零钱，但是他们仍然不能饶恕自己，他们的慈悲，他们的人道主义都被这样一群一群多到无法计算的如弃狗一般的小孩弄得狼狈不堪。

原来慈悲这样脆弱，原来人道主义如此不堪一击。

那穿黑衣的德国青年颓丧地依靠着一段墙，无奈地含着眼泪。而那如觅食苍蝇的孩童仍然紧紧围绕着他："一元，一元。"他们使所有生存的尊严与意义完全瓦解，他们只是那么具体地告诉人们活着的下贱、邋遢、卑微，无意义。

我们的信仰都被击垮了，如同一座被弃守的城。

Ly's M，我彻底虚罔沮丧的时刻，流着不能抑止的眼泪，一次又一次呼叫你的名字，仿佛那声音里藏着唯一的救赎。

记不记得，有一次我跟你说："前世我们一起读过一段经，这一生就有了肉身的缘分。"

我相信这肉身中有我救赎自己的因缘。

在酷旱的夏日，我在心中默念着经文的片段，走到巨大如伞盖的树下静坐。静坐之初，许多动念，包括额上滴下来的汗水，包括你时时浮现的眼眸和嘴唇，包括嗡嗡在耳边旋绕不去的昆虫。感觉到闭目的静默外阳光摇晃闪烁，感觉到肉体如此端坐里诸多欲望的纷扰，感觉到心事如此静定，而思绪烦乱，仿佛时时都在放弃与崩散的边缘，要在一念的专注里更恒久坚定守护，才不至于在半途的虚罔中功亏一篑。

Ly's M，你不会了解，你是帮助我守护爱与信念的力量。

在我重新从静坐中回来时，已是黎明初起的清晨。淡薄的雾气在树林间缓慢消散。初日安静的阳光一线一线在枝丫和叶隙间亮起。可以听见远处的河流上有了早起浣洗衣物的妇人，在水声和歌声里工作，把长长的绛红色的布匹在河水中漂洗。当我从意识中觉醒时，沉睡的肉身的每一个部分也才慢慢苏醒了起来。视觉微微启明，有光影和形状以及逐渐鲜明起来的色彩。我静静转动眼球，感觉视网膜上开始映照意识的层次。我俯耳谛听，在晨风徐徐里，即使鸟雀纷杂的吵闹啼鸣，也不曾遮蔽我如斯清晰地听到你此刻仍在酣睡中的微微鼻息，听见你在梦魇中怔忡挣扎。而我持续念诵的经文，终于使你远离梦魇惊惧，在清明醒来前的一刹那间有了思念我的满足的微笑。

我感觉到呼吸在鼻腔到肺叶中轮替的秩序。是肺叶中许多许多细小的空间，从完全的空，开始慢慢被吸入的气体充满。那带着清晨杉木与泥土清香的空气，如此饱满而具体地使整个胸腔充满。仿佛潮水渗入沙地，每一个空隙都完整地被流溢充满，到了没有余裕的空间。一种在饱满的幸福中缓慢地释放，每一个空隙徐徐呼吐出细细的气体。每一个空隙还原到完全空的状态，好像瓶子被注满水，又把水徐徐倒出。Ly's M，瓶子在被注满时的幸福，以及瓶子在等待被注满时完全虚空状态的幸福，也许是两种不同的喜悦吧，如同我在拥有你和渴望等待你是两种不同的快乐。

我感觉到轻触上颚的舌尖有着微小的芳甘，感觉到唾液在口腔四处的滋润。我以舌尖舔触牙龈，细数每一粒如贝类的牙齿排列的关系。我以舌头滋润嘴唇，感觉最细微的肉体柔软的变化，仿佛舌头的柔软和嘴唇的柔软将彼此配合着发出声音来了。

并没有声音。也许清晨静寂，我的肉身尚在觉醒之中。我盘坐的两腿重新感觉到肉身的重量。我微微转动足踝到趾尖，我感觉到小腹到股沟间一种体温的回流，仿佛港湾中的水，在那里盘旋不去了。使全身微微热起来的力量，便从那里缓缓沿着背脊往上攀升，穿过腰际两侧，到肩胛骨。仿佛攀登大山，在艰难地翻越过后，有小小的停息，而后再从两肩穿越颈项，从脑后的颅骨直上头顶的巅峰。

我要如此做肉身的功课啊！

也许因为荒怠了肉身的作业吧，我们才如此容易陷溺在感官的茫然中，任由感官欲念的波涛冲击，起起伏伏，随波逐流，不能自已。

肉身的作业，是在肉体上做理智的认识，重新认识一个纯粹由物质构成的身体。肌肉、骨骼、毛发，每个器官的位置和条件，呼吸和血流的秩序，心跳脉动的节奏，Ly's M，我这样重新认知了自己的身体。仿佛再一次走进废墟瓦砾的吴哥城，看到一切残坏坍塌的柱梁楣拱，看到物质结构的瓦解崩颓，不再有感伤的动念，只是从物质的成住坏空上知道了自己肉身的极限。

"一切都如此虚罔！"

是的，我深爱的 Ly's M，我在肉身里了悟虚罔。我在肉身里的眷恋、贪爱、不舍，其实也正是去修行肉身的基础吧。

今日在大树下静坐，肉身端正，一心思念你。有时心中震动，眼角渗流出泪水。泪液在脸颊上滑下，感觉到一种微湿冰凉，但瞬即也就消逝。

静坐中有四处走来的人。他们彼此嬉笑推挤，争先恐后抢占树下的一席之地。我知道他们是我在荒芜的城中遇见过的人。他们大多是贫穷者、残疾者、痴愚者、断腿缺手、瞎眼或喑哑。但是他们和我一样，都如此贪爱肉身。我可以感觉到那双腿从膝关节以下锯断的男子，努力着在树下把剩下的腿股摆成盘坐的姿势。他努力了很久，终于找到一个满意的样子，别人看起来仍然歪斜可笑，他已是一心端正着静默起来了。我耳边听到那喑哑的喉咙，含糊不清地唱赞着经文，据说是在战争的大屠杀中被虐害，割去了舌头，以惩罚他在革命前以歌声闻名的罪。Ly's M，我在那喑哑古怪的喉底滚动的声音里听到了他未曾丧失的美丽一如往昔的声音。

我在树下静坐，与这些肉身为伴侣，知道或许一起念过经文，来世还会有肉身的缘分，如同此时的我和你。

在这个荒弃在丛林的废墟，在一切物质毁坏虚罔的现世，在大屠杀过后的战场，四处是不及掩埋的尸体。活下来的众多肉身里，无舌、无眼、无耳、无鼻、缺手、断腿，Ly's M，我是在这样的道场开始重新修行肉身的功课。

那名在战争中被酷刑剜去了双目的美术老师，颤动着她深凹瘢疤的眼眶，似乎仍然看到了琉璃或琥珀的光华，看到了金沙铺地，以及满天坠落的七宝色彩的花朵。

我们不知道，为什么眼、耳、鼻、舌，犯了如此的罪业。剜眼、刺耳、割鼻、断舌，肉身的一切残害似乎隐喻着肉身另一层修行的意义。

但是，我还不能完全了悟。

如同我还不能知道为什么我们的肉身相遇或离弃。

不能完全了悟虚罔与真实之间的界限。

在这个细数不完战争的罪行的场域，田地里仍然掩藏着遍布的地雷。每一日都有无辜的农民或儿童，因为工作劳动或游玩发生意外。每一日都增加着更多肉身的残疾者。他们哀号哭叫，在简陋的医疗所割锯去腐烂的断肢，草草敷药包扎。不多久，就磨磨蹭蹭，尝试着用新的肉身生活下去，磨磨蹭蹭，挤到庙宇的门口，和毁坏的城市一起乞讨施舍。

毁坏的城市曾经华美繁荣过，毁坏的身体也曾经健全完整过。

在无眼、无耳、无鼻、无舌的肉身里，依然是色、声、香、味的世界。

我看到那愤懑的穿黑衣的青年也自远处走来树下，在与众多肉身的推挤中，他也将来树下一坐吗？

Ly's M，我也看到了你，我知道，在色、声、香、味、触的世界里，我还要找到你，与你一同做肉身未完的功课。

Unrelated to Time

辑十一

射　　日

泰雅尔稳定地一箭射出,正射中了第二个太阳的正中央。

太阳吓白了脸,摇摇摆摆,差点从秋千上掉落下来。

它从此失去了火光和热力,变成了白脸的月亮。

射日

太阳在荡秋千,在很远的地方荡秋千。

秋千摆荡的角度不同,给地面带来的热和光的程度也不同。

"太阳出来了!"

树上的鸟最早吱喳喧哗了起来。

太阳越荡越近。从睡眠中被太阳的金箭刺醒的泰雅尔,张开了眼睛,看到树枝上乱跳乱叫的巴哥——那只黑鸟;他捡起一块石头,心想:"这只可恶的吵醒我的鸟。"

猛不防石头迅速投向巴哥。

"啊!"旁边的鸟都惊叫了起来。

没想到巴哥轻轻一展翅，石块就从它的脚下掉落了。

巴哥也不气恼，它向泰雅尔伸一伸舌头，嘲讽地说："懒惰的孩子，太阳出来了，还不去工作！"

果然，泰雅尔听到了杵臼击撞的声音，村落里的女人们都舂起米来。他又听到石刀击打的声音，村落里的男人们也装配好了弓箭，准备进山打猎去了。他又看到年老的人搬出了织布的机器，把苎麻剥去了皮，铺在村落的广场上让太阳晒。

"懒惰的孩子，还不快去工作，你看，太阳已经荡近了。"

泰雅尔抬起头，看到太阳比刚才更大了。越来越靠近的太阳使泰雅尔的皮肤都感觉到烫热。

"爷爷！爷爷！"

泰雅尔讨厌这只多嘴的巴哥，他看到爷爷抽着烟斗走来，就借故跑开了。

"爷爷！太阳出来了，泰雅尔要做什么工作呢？"

爷爷笑嘻嘻地把泰雅尔带到一棵大树下，指给泰雅尔看树上长长的枝条，油绿绿的叶子。

"泰雅尔,你看,这是扶桑树,它是村落里不朽的生命。太阳出来了,它就努力吸收太阳的光,长得好快。爷爷小时候它还只有你这么高,可是现在我踮起脚尖都看不到树梢了。"

"爷爷,我也要长得这么高!"

泰雅尔爬上树去,他的身手矫健,像一只猴子,他在树枝间纵跳,又高兴地唱起歌来:

> 泰雅尔,泰雅尔,
> 太阳出来了
> 你要长大长高
> ………………

"哈哈哈!"

树梢间一阵哗笑。泰雅尔又看见了那只讨厌的巴哥,扇拍着翅膀,嘲笑地看着泰雅尔。

泰雅尔折断一枝树枝,用力掷向巴哥,巴哥又飞走了。

"太阳到头顶上了,泰雅尔,下来吃饭吧。"

爷爷叫喊着。泰雅尔在大树浓密的树叶间,看不到太阳。

但是，他在高高的树上，可以看到女人们围成圈在舂米，看到远处山坡上男人们追逐一只野猪。

泰雅尔拨开树叶，看到巨大的太阳就在面前。他吓了一跳，赶紧又把树叶合起来，偷偷在树叶间偷看。原来太阳是一团好大好大的火球，一身都是火光，泰雅尔觉得皮肤热烫得发痛了，就一下溜下了树。

太阳慢慢又荡远了。那个秋千的绳子好长，看不到尽头，泰雅尔一路追着玩，跑过了几个山头，最后还是看不到。太阳已经消失在一座山峰的后面。

四面黑暗了下来。泰雅尔独自一人在山冈上，觉得有些冷，也有些害怕。他想起白天看到男人们围攻野猪的景象，"我还没有学到捕杀野猪的方法，如果野猪现在出现了呢？"

突然他真的听到了野猪的吼声，低沉的、凶恶的声音。

泰雅尔急忙从地上捡起了石块，准备迎战。

"哈哈哈哈！泰雅尔，你害怕了吗？"

巴哥忽然飞到面前，泰雅尔正在发呆，巴哥又捏着鼻子装起野猪低沉的声音。

Unrelated to Time

泰雅尔气坏了，涨红了脸，一路丢着石头，发誓一定要狠狠揍一顿这可恶的巴哥。

第二天，太阳照常出来，在秋千上荡着，慢慢靠近泰雅尔的村落，人们照常起来舂米、织布、打猎。

但是，村落里的鸟今天异常地安静。平常最聒噪的巴哥也不见了踪迹。

泰雅尔被女人舂米的声音吵醒后，十分讶异！为什么今天那讨厌的巴哥没有来叫醒我呢？

泰雅尔在村落里走了一圈，找不到爷爷，到了扶桑树下面，才看到爷爷不离手的烟斗。他拿起来看了一下，又抬头看看大树，大树还是像往常一样安静。但是，他忽然发现爷爷在树上，蜷曲着身子，静静地在树叶间偷窥什么。

"爷爷！"泰雅尔向上叫了一声。

"嘘——"

爷爷从树上俯下身来，叫泰雅尔不要出声，同时示意泰雅尔到树上去。

泰雅尔是一个伶俐的小孩，他立刻会意，蹑手蹑脚爬上树去。

泰雅尔爬上树梢，靠在爷爷身旁，他从爷爷的视线看出去，吓了一跳。

"巴哥！"

泰雅尔看到那只平日最让他讨厌的鸟，安静得一动也不动，它呆呆地看着一个方向，仿佛猎人凝视着猎物的出现。

"噩运的开始。正像古老传说的预言，是这只鸟第一个发现了这噩运的征兆。"

"噩运？"泰雅尔对这个字的意思其实不十分清楚。

"两个太阳重复出现在天空上。没有了黑夜。人们不能睡眠。他们用树叶盖在眼睛上，求得片刻的安静。河水将滚沸起来，烫伤人畜。连这棵不朽的扶桑树——"爷爷忧虑地看了看，痛苦地说，"恐怕也难逃枯萎的噩运。"

太阳渐渐逼近到头顶上。扶桑树的叶子因为强烈的阳光，有些疲萎地下垂了。泰雅尔跑上附近的山冈，在这个一切有些异常的下午，他静静看着太阳像往常一样逐渐从西边远去。

黑夜应当来临了。可是，如同爷爷的预言，第二个太阳又从东边渐渐逼近了过来。

泰雅尔站在山冈上看得很清楚，村落里正准备点燃起火把来迎接黑夜的人们都骚动了起来。他们聚集在广场上，看看西边的太阳，又看看东边的太阳。

"两个太阳，两个太阳。"

泰雅尔蹲在山冈上，也许因为爷爷预言过，他倒不像一般人那么惊慌。

两个太阳交替循环，泰雅尔的村落从此没有了黑夜，也没有了睡眠，就像爷爷的预言一样。男人和女人在地上疲倦难眠，用树叶盖在眼睛上求得片刻的安静和清凉。河水滚沸了起来，烫伤了人畜。种植的小米也因为炙热的阳光都枯死了。

最令村落里的人恐惧的是那棵生命象征的扶桑树也开始枯焦了。

巴哥鸟焦躁地在扶桑树四周飞来飞去。飞来了许多鸟群，尝试用小小的翅膀去遮盖这棵树，保护这棵树，可是扶桑树还是枯萎下去，很快掉光叶子，变成光秃的一根树干。

村落里的人愤怒地咒骂太阳,用石块丢掷太阳,用滚烫的热水去泼太阳,尝试用长矛去戳太阳。结果太阳还是无动于衷,在高高的秋千上目不转睛地放射着它可怕的光和热。

"咚!咚!咚!"

有一天,在村里的人都感到绝望的时候,爷爷敲起了召集全村人聚集的木鼓。这个木鼓据说是不朽的扶桑树的一段枝干做成的,泰雅尔从出生到现在,第一次听到敲动了木鼓,因为只有巨大的灾难来临时才会敲动木鼓。

勇士布侬在爷爷的指导下敲动木鼓,全村的人陆续集中起来,静听爷爷的告示。

"第二个太阳出现了,"爷爷用稳定的声音说,"正如祖先预言的一样。它带给我们村落不可逃避的灾难。"

村民们一阵恐惧地颤抖,纷纷窃窃私语了起来。

"但是——"爷爷示意大家安静,他说,"祖先的预言中还有另一部分。"

巴哥绕着扶桑树飞了一圈,静静落在干枯掉的树干上。

"扶桑树还会复活，"爷爷说，"我们的村落要有一位勇士，他将要去完成射落太阳的工作。他要为我们重新找回黑夜，找回睡眠。"

村民们纷纷鼓起掌来，拍打着地面，或者跑到扶桑树下膜拜了起来。

爷爷很快命令了勇士布侬与壮士摆湾、塞夏带了一些食物，出发去射杀第二个太阳。

接受了村民们的祝福，布侬、摆湾、塞夏装配好了食物、水和弓箭，就向遥远的太阳所在地出发了。

当他们走出村庄，翻上山冈时，发现泰雅尔蹲在一块岩石上，身边有一包小小的背袋，也装配了食物、水和那只供儿童练习的小弓箭。

"泰雅尔，你在这里做什么呢？"布侬勇士说。

"我要和你们一起去射杀太阳。"泰雅尔凛然地说。

"这是大人们的工作，你还是回家吧。"壮士塞夏提起泰雅尔的小背袋递给他。

"祖先的预言说,射杀太阳的工作也要有年幼的孩子参加。"泰雅尔坚持不回去。

"是吗?"摆湾怀疑地看着泰雅尔。

"是的——"忽然天空传来一阵清亮的回答。巴哥出现了。它在天上回旋了一圈,轻轻落在泰雅尔的肩膀上。

"祖先预言,射杀太阳的工作一定要有泰雅尔。"

巴哥虽然顽皮,可是它一直是守护祖先生命象征扶桑树的神鸟,它在村落中的时间也比布侬、摆湾、塞夏还要长久,很受到信任。

勇士布侬三人商量了一会儿,就同意了巴哥的建议,决定带泰雅尔一同上路,去射杀太阳。

他们告别了巴哥,翻山越岭,觉得太阳越来越近了,正高兴地拿出弓箭来试着射一射。却发现太阳又慢慢荡远了。

他们走了很久很久。布侬的胡须已经像树根一样盘结起来。摆湾的背也有点佝偻了。塞夏最年轻,可是也觉得牙齿都松动了。

倒是泰雅尔长成了少年，在射杀太阳的长途跋涉中锻炼得健硕而且坚韧。他几乎负担了所有食物、水和装备的重量，使逐渐疲惫衰老的三勇士可以省力一点。

但是，食物和水都剩不了多少了。

四个人愁困在一座山峰上，望着遥远的仍然无动于衷的太阳时，布侬发出了叹息，他说："没有想到，射杀太阳的工作是如此艰巨。"

"没有人知道太阳到底有多远。"摆湾和塞夏也觉得沮丧而且无力。

"是的！是的——"

天空又传来了清亮的声音。

"巴哥——"泰雅尔兴奋地站起来，四处张望。

果然是巴哥，它从云朵间降落，轻轻落在泰雅尔的肩上。

"巴哥，我们该怎么办？"泰雅尔迫不及待地问。

"预言中说，三勇士继续向前，年幼的少年转回村落，带领男女，沿路播种，小米成熟，婴儿诞生，路途虽远，大功可成。"

泰雅尔于是和三勇士告别，伴随巴哥回到村落。

许多年不见，村民们已经认不出这长了髭须的壮硕青年就是泰雅尔。

泰雅尔环视村民们在烈日下哀号痛苦，心里非常沉重。

他看到广场上不朽的扶桑树已经焦枯成一段光秃秃的木桩。泰雅尔又走过满地滚动的受苦的村民，站立在大树下，向大树拜了一拜。

"泰雅尔——"

泰雅尔忽然听到一个苍老的声音在叫他，他兴奋地叫起来："爷爷——"

是的，正是泰雅尔的老爷爷。但是连泰雅尔也吃了一惊。老爷爷全身焦黑，头发和胡须又像雪一样白。他看起来很像那棵枯焦的扶桑树，已经到了枯焦不堪的地步，可是依然非常顽强。

"泰雅尔，你长大了。"爷爷端详了一下泰雅尔。

"爷爷，那太阳——"泰雅尔愤怒地指着天。

"泰雅尔——"爷爷打断了泰雅尔的话，他说，"我们没有弄清楚祖先的预言，这是一次漫长艰巨的工作，需要一代一代做下去。来吧，我们安静下来，号召村民，安排工作。"

泰雅尔，重新出发了。

他带领了十对男女，身上背了婴儿，也携带了谷物的种子。

他们在村民们的祝福下出发。

"不要急，慢慢走，到太阳去的路非常远。"爷爷嘱咐泰雅尔。

泰雅尔和二十名男女，沿路撒播种子，等谷物成熟，继续前进。

婴儿长大，可以在路上蹒跚地自己行走。

他们翻山越岭，在一处荒山中，看到路边有三副人的骨骸，泰雅尔从附近的工具认出那就是在长途跋涉中老死的三勇士布侬、摆湾和塞夏。泰雅尔和男女伙伴就埋葬了他们，教导刚刚长成的儿童在墓前膜拜诵唱。

新的种子在新的土地上长大，年幼的儿童长成了少年。

泰雅尔已是健壮的中年人了。

他尝试回忆村落中曾经有过的每一个生活的细节，编成歌谣和舞步，使长成的少年们可以学习，不致在路途中遗忘了祖先的教训。

这一支从二十名男女组成的队伍也在长途跋涉中繁殖生育，形成一支越来越庞大也越来越有组织的部落。

他们在走向太阳的所在地的旅途上，没有荒废人间的生活。

越是靠近太阳，他们越要用加倍的耐力和毅力抵抗酷热的环境。

在一座最高的高山顶峰。已经头发花白的泰雅尔终于如预言所言，站在可以射杀太阳的地方了。

他张弓搭箭，巴哥鸟忽然出现，在天空上飞翔歌唱："英雄的泰雅尔，英雄的泰雅尔。"

附近男女一齐和声。

泰雅尔稳定地一箭射出，正射中了第二个太阳的正中央。太阳吓白了脸，摇摇摆摆，差点从秋千上掉落下来。它从此失去了火光和热力,变成了白脸的月亮。

被射中的太阳,又用力拔出了身上的箭,伤口迸射出许多血点,喷洒在天空上,形成了黑夜中点点的星星。

泰雅尔的村民们从此又有了夜晚,可以休息,也可以睡眠。

当他们点起火把时,他们看到太阳远远在西边离去,留下火红的晚霞;他们也在东边看到月亮缓缓上升,带着它永不消失的星星一齐在天空出现。

越来越多的鸟群在巴哥的带领下来到了泰雅尔的村落,它们扇动着翅膀,停落在刚刚长出了新芽的扶桑树的枝干上。

泰雅尔在扶桑树上绑了两个长长的秋千,把他的儿子和女儿放在秋千上,泰雅尔教他们把秋千荡得像天一样高,越荡越高。在巨大的扶桑树下,他听到儿子和女儿笑得如铃声一般,听到儿子说:"我是太阳!"女儿说:"我是月亮。"

大河种种

河流与文明

许多古老的文明都是从一条河流开始的。

底格里斯河与幼发拉底河形成的"肥腴月弯"孕育了古老的亚述文明,尼罗河产生了埃及文化,黄河则是中国古文明的命脉,恒河是印度文化的母亲。

历史上几条孕育古文明的河流,已不再只是地理上的名称,也有着文化史上强烈的符号象征意义。

关于尼罗河

古老的埃及有一则创世记的神话:

奥西里斯与伊西斯是一对兄妹,他们相爱成为夫妻,是人类的始祖，生下子嗣荷鲁斯。

恶神塞特非常嫉妒奥西里斯的勤勉、勇敢、正义，便杀死了奥西里斯。

伊西斯在尼罗河岸边看到奥西里斯的尸体，抚尸痛哭，她的眼泪便流成了尼罗河，每一年周期性地泛滥。

古老的埃及人把河流的泛滥拟人化为哀伤的眼泪。河流便仿佛是女性爱的缠绵，又是母性的哺育。

据说埃及古文化的发展与尼罗河的泛滥有非常密切的关系。尼罗河每一次的泛滥带来肥沃的土壤，使埃及的农业得以发展。

古老的埃及人未必了解河流泛滥与农业的关系，他们却以一则动人的神话象征了河流泛滥的意义。

神话中的伊西斯是每年来哭泣一次的，河流的泛滥中有女子永不止息的深情。

埃及人对死亡有不能忘怀的哀痛吧，他们总固执地相信保持着身体便保有了复活的可能。

于是，伊西斯为了去寻找儿子荷鲁斯，离开了丈夫奥西里斯的尸体。恶神仍然由妒生恨，便继续破坏奥西里斯的尸体，把尸身碎成万片，撒在尼罗河中。

伊西斯赶回来时，见到丈夫的身体已不可辨认，漂流河上，哀痛万分，便一路捡拾碎片，用针线缝接，再用亚麻布包裹，恢复一个人的形状。

伊西斯所作所为感动了天上诸神，便扇起复活之风，使奥西里斯重新获得了生命。

有人说，伊西斯做的，即是埃及第一尊木乃伊。

埃及人因此相信，一切死亡的都将重新复活。如同那条周期泛滥的河流，生命也一样周而复始。

与尼罗河有关的文化当然不只是神话，也包含着在现实中许多学习。例如：尼罗河每次泛滥过后，人们丈量原有土地的方法发展出了埃及人的几何学。

也许是一种对周期性的理解吧，埃及古代文明特别呈现了一种严谨、规矩、理性、秩序的特性。

仿佛从一条河流的秩序中学到了伦理的秩序，也发展出了美学的秩序。

Unrelated to Time

以艺术来看,埃及人创造了早期人类最倾向于几何对称的风格。建筑上的金字塔是埃及人理性符号的最高代表,是埃及人对尊贵、权威、不朽的绝对理念。

埃及的雕刻,无论是立姿或坐姿,总是两边绝对的均衡对称,身体固定在一个仿佛永恒的静止中,也是金字塔式的稳定与理性。

关于恒河

和尼罗河正好相反,恒河提供给人的似乎是非常感官的经验。如果埃及人相信理性、秩序、几何、对称;恒河流域的印度人则找到了感官、繁华、曲线的流动与纠缠。

如果埃及人在尼罗河的周期泛滥中找到理性,发展出埃及人特有的数学和律法的知识,那么,恒河流域的印度人似乎在这条河流中经验到了生命的无常、宇宙非理性的变幻与不可知的神秘。

直到今日,恒河仍然是印度民族的生命之河。他们带着新生婴儿在这里沐浴洗礼,他们也在这里为病人祈福。同样地,他们也在恒河岸边焚烧尸体,将残余的尸骨倒入河中,随水流去,生与死都在河中,似乎也是一种轮回的领悟。但与埃及人不同,印度人更多一点现世的努力与固执。

恒河中所漂流的不只是人的尸体，也有猫的、狗的，各种动物的尸体。恒河流过的鹿野苑即是释迦牟尼第一次说法的所在，至今，那条河仍流淌着千千万万的尸体，每一日使人看到，沐浴其中，以河水漱口洗身，也以河水祝福生者死者，使人想起佛经中的句子："流浪生死，六道受苦，暂无休息……"

以美术来看，印度与埃及也是两种极端。

埃及的金字塔，单纯、庄严，在形式上强调绝对简单的完整与统一。印度的建筑，以古老的印度教神庙为代表，充满了繁复华丽的雕饰，使视觉上产生目不暇给的晕眩。

印度古老的神像，如湿婆神（Shiva），通常强调肉体丰厚肥腴的感觉，姿态曼妙律动，从躯干到手指都形成妖娇的曲线，很少埃及雕刻中冷静的直线与几何形式。

印度的文化中有强烈的欲情沉溺的部分，虽然经过释迦牟尼的革命，佛教的禁欲及理性似乎并没有在印度本土发生作用。印度仍是以它非常恒河的方式容纳清洁与污秽，生与死，尊贵与卑微；在十分幻灭的理解中又十分眷恋现世欲情中的种种。

尼罗河哺育的埃及文明总结成简单的金字塔的三角及色

彩上的白，可以说是文明中纪律美学的极致；恒河的印度文化则是多变的曲线，炫目华丽的色彩，破坏我们的理性思维，进入陶醉冥想的感官美中去。

印度神庙上镶饰华丽的彩色嵌片，常常使人觉得是打开了一个珠宝盒，有眼花缭乱的昏眩。音乐上，印度的西塔琴也运用大量颤音，近于人声上的呢喃，使人的理性思维被冥想的官能淹没。二十世纪七十年代，西塔琴大师拉维·香卡曾经风靡一时，影响了欧美如披头士的摇滚流行音乐。印度的宗教及大麻烟都成为西方青年追求感官世界的向往，似乎从埃及一路下来的尼罗河文化的理性逻辑完全服膺于恒河印度东方神秘主义的感官，也是两条大河文明交会的一例吧。

关于黄河

世界上能够形成一种文明的河流其实并不多。尼罗河、恒河、黄河，都不再是一个地理上的名称，流域广大的范围，形成一种独特的生存方式、一种独特的生存价值、一种独特的信仰与美学，这条河流就升高成为历史，成为文化上精神的象征；而且能传之久远，持续不衰地把地理的流域扩大为历史的流域，又扩大为文化的流域。

"君不见黄河之水天上来，奔流到海不复回……"

当一千多年前的李白咏唱这样的诗句时，黄河在中国人心灵上的流域就已远远超过它地理上的流域了。

黄河的文明，在陕西半坡，甘肃的马家窑、半山、马厂都找到了遗址。用河岸边的黄土、红砂土制陶，器形浑朴敦厚，没有印度华丽，也没有尼罗河帝国的雄峻。黄河初期的文明非常民间，仿佛只是简单的部落，"乾坤定矣"在天地间找到了"人"的定位，开始生活。生活既不神圣，也不伟大；既不是宗教，也不是政治，毋宁更是一种现世的伦理吧。黄河上中游的初期彩陶有着人的安分，仿佛安分做"人"就是这文明的基础。

"日出而作，日入而息，凿井而饮，耕田而食，帝力何有于我哉？"只有这个流域的文化一开始就否定了"帝力"的伟大，这"帝力"，或许是宗教的"上帝"，或许是政治上的"帝王"，都并不是"人"真正的向往。人的价值，还是在安分于土地与生活，可以"日出而作，日入而息"这样简朴单纯到近于平凡。

从两河流域的亚述文化到尼罗河的埃及古文明，恒河流域的印度文化，在建筑与雕刻上，使用的材料大多以岩石为主，追求石材的坚硬与不朽性；在黄河流域，却大多用土与木。黄河流域最早形成的五行学说，木、土、火、金、水，木与土都占重要的分量。中国后来一直以木架构为建筑的基础，似乎并不是没有石材可用，也不是没有控制石材的技术，毋宁更是一种对木材的温暖或浑朴的美学鉴赏吧。"土"在五行中居于中央的地位，似乎也说明黄土高原的黄河流域，以"土"为本质的定位。土是现世，土是人间，土是稳定安分，土甚至是平凡与谦卑。

黄河流域其实并没有产生像埃及或亚述那么雄伟高峻的建筑物。金字塔在某一个程度上是对权威的极致追求。黄河流域形成的建筑，最典型也许竟是长城吧。它其实也只是土砖的累砌，它又是极实用的"墙"的意义，只是一堵防卫着游牧民族南下，确保农业安定的墙。

黄河流域的文化也绝不像恒河流域，有那么多神秘宗教的冥想。黄河流域的人其实是很劳苦地活着，在现实的底线中踏实的生存者，不能有什么多余的幻想。

黄河的泛滥也是著名的。但是，它的泛滥似乎并不像埃及人之于尼罗河，尼罗河的泛滥对埃及人来说是女神伊西斯的眼泪，黄河的泛滥则是一种非理性的暴虐。

抗日战争期间，创作了《黄河大合唱》的作曲家冼星海，是最近一次黄河文化的体现，从《黄河船夫曲》到《黄河颂》《河边对口曲》《黄河怨》，到《保卫黄河》，这首激昂高亢的歌曲用近于嘶叫呐喊的声音歌咏黄河的"怒吼"与"咆哮"。

非理性的泛滥似乎使黄河流域的人们学会了在灾难中坚韧地存活下来的秘密。那坚韧的存活，也许是"乐天知命"的达观与开阔，也可能是"好死不如赖活"的一种异常顽强的对"生存"的执着。

二十世纪八十年代中期，中国再次使世界认识它的文化特质，大多仍是以黄河流域为背景的创作，电影《黄土地》使世界震惊于陕北黄土高原上人的贫穷、顽强，震惊于那土地山川与人的性格之间的相似。张艺谋的《红高粱》《老井》，一直到《活着》都一贯着黄河式的生存价值，那种生存的爱，近于无情，也近于残酷。

关于沧浪、汨罗、富春……

世界上有几条形成文明的大河。仿佛中国古代称"河"，就只是指大家共识的那一条河。

河流如同富裕的母亲，哺育着一代一代的生命。

大河之外，当然还有许多江、水、溪……

一条江水常常因为一种生命的形态与之相连，就被记忆了下来。

黄河、恒河、尼罗河在几千年间是哺育了许多生命的文化大河。

有一些江水只是被诗人思维了，就有了特殊的意义。

法国的小学生大多会朗朗上口阿波利奈尔（G. Apollinaire）的一首《米拉波桥下》的名诗：

> 米拉波桥下
> 流着塞纳河
> 我们的爱
> 是否仍应记忆？

走过塞纳河，走过米拉波桥，这诗句便一一浮现，二十世纪初巴黎诗人的向往与浪漫也与桥下流水混合成一种声音。

> 沧浪之水清，可以濯我缨
> 沧浪之水浊，可以濯我足

仿佛春秋战国前后，包括孔子在内的许多哲人都听到了这首传自江边的歌声，使人对水的清浊有了更深的象征，使人对生命的清浊有了更多的思维与豁达。

沧浪亭仍在苏州，历经数千年对"沧浪"这样一条或许已不可辨识的江水的情感，中国的文人在"沧浪"的象征意义上有领悟、有坚持、有自嘲、有包容，也有退让。

汨罗江是一条哀伤的河流，因为它见证了一个孤独诗人的死亡。屈原之后，许多人去过汨罗，在河水中映照自己的身影。屈原与汨罗，多多少少结合成了中国文化中一种不可赎回的伤痛。《史记》写屈原"行吟泽畔，颜色憔悴"，他大约已预知了自己与河流的宿命，但是他仍然不很甘心，看到江上渔父鼓枻而来，屈原还要问几句多余的话："众人皆醉而我独醒……"屈原问非所问，渔父答非所答，只是留下一条河流上的两种独白，一种自投汨罗，一种鼓枻而去，悠游江上。

汨罗江的故事，不只有屈原，也有渔父，就有了另一种宽阔。

富春江有严子陵的钓台，是东汉光武帝刘秀的好朋友严光的隐居之处。严光帮助刘秀打天下，刘秀登基为帝，严光就隐居富春。富春江成为中国文人最大的矛盾，是永远赎不回的净土。元代画家黄公望八十岁以后上下富春江，期望在战乱中找到一片可以安身的山水。他在舟中作画，时时点染，数年间完成《富春山居》长卷，是元代以淡泊为宗的山水画中最受重视的名作。

沧浪、汨罗、富春是诗人的河流，它们可以供洁身自好的文人来此盥沐梳栉，来此吟咏感叹。但是，它们不是黄河，它们不是可供百姓存活的生命的大河。

有些河流产生宗教，有些河流生长百谷，有些河流产生诗句，河流各自有各自的性格与机遇。

关于淡水河

读完历史的河流，也许最后会发现自己最亲近的一条河竟是淡水河。因为从小在河边长大，倒是对它没有很深的感觉。

我的童年都在河边度过，地名叫大龙峒，是淡水河与基隆河的交汇处。淡水河在台北盆地形成的三个连贯的河港市镇，自南向北，分别是万华（艋舺）、大稻埕、大龙峒。大龙峒之后，与基隆河交汇，淡水河形成葫芦岛，出关渡，便是出海口。

因为台伯河而有罗马，因为塞纳河而有巴黎，也因为淡水河而有台北，一条河流形成一个都市。

童年的淡水河没有堤防，河两边多养鸭人家。暴雨时河水浩荡，上游的冬瓜、猪只尸体都随水漂来。河边形成的低洼沼泽生长茭白笋、布袋莲，也是逃学孩童最喜欢嬉戏的地方。

取水灌溉、浣水、洗澡、捕食鱼虾、游玩、倾倒垃圾都在淡水河，我记忆中的河流是这样的河流。

当堤防逐渐建筑起来，河岸盖起了新的公寓，河流就不再是原来的河流。当一条城市的河流都不再容易看见时，我忽然有了对河流强烈的记忆。

我迁居八里淡水河边是在一九八七年，现在我的窗口仍然是一条浩荡的大河，而且我可以清楚地知道每一天潮汐的时间。

挽歌中复活的婴啼
——谈云门复出展演

云门这一次的演出再度造成了台湾整个社会的关注和参与。从一九七三年云门创始迄今，将近二十年间，台湾的社会从政治、经济的结构到社会文化的形态都有极大的转变。但是，云门始终紧扣着时代的脉动，反映时代的变化，也同时反省时代的变化。

云门创始期间，在西方现代舞的虚无迷茫和中国远古的空灵寂静中寻找平衡。以纯粹现代舞技巧编作的《现象》《盲》和汲取东方情感的《寒食》显然展示了两种截然不同的美学。但是，正如同台湾近四十年文化的现况，云门既不可能走全然西化的路，也不可能一味复古到中国的古典世界。

云门第一次找到西方现代舞与中国古典精神较为成功的结合，是以传统戏曲经验为基础编作的《奇冤报》《白蛇传》。

《白蛇传》至今仍是专业与大众都可能共同喜爱的舞剧，也同时可以在中国观众与西方观众中引发同样程度的美感经验。作为一出"舞剧"，《白蛇传》戏剧与故事的层面并没有削弱舞者的肢体语言，相反地，云门第一步的成功，恰恰是因为借着中国传统戏剧的丰富基础开发了舞者肢体表现的可能性，开发了现代舞技巧，也同时开发了中国未来现代舞民族化的可能。这一点一直到这一次云门的演出，依然是这个团体最大的长处，不以"舞蹈就是舞蹈"为满足。

　　"舞蹈"不只是"舞蹈"，"舞蹈"是一种思想。

　　罗曼菲以高度的毅力去完成一支高难度的舞蹈时，她个人属于舞者的极限与属于人的情感一起向上升华了。比她第一次跳这支舞，罗曼菲减少了直接的抗争，增加了自己与自己在回旋中努力求平衡的张力。真正的敌人往往是自己。真正要击败与挑战的对象也往往只是自己。只有在艺术上有持久的专注与毅力，才会发现一旦放弃了向外的比较攻击，转而向内求取个人生命极致的开发，美才会向你展颜，美也才成为最高的报偿。

　　罗曼菲把林怀民的思想用具体的舞者的身体说到淋漓尽致。是思想开发了舞者的身体，也是舞者的身体具象了编舞者的思想。云门持续的成功是这两者完美的配合。

在罗曼菲之后，紧接的《流云》展现了另外一种肢体的极限。

《流云》的编者也同样看到云门在西方与中国间求取融合的努力。《马勒交响曲》的知名片段，曾经在西方不断被电影、舞蹈所诠释，到了林怀民的思想中，它竟然吻合了中国太极中舒缓连绵的韵律。

云门的创始团员郑淑姬在这支舞中精致细微的肢体恰恰是罗曼菲前一支舞的对比。罗曼菲在动力的极限中寻找外放、震慑的美，郑淑姬则极其含蓄内敛，所有的力度都在不具形迹的舒缓中成为连绵不断的线的延续。最美的部分流布在指尖、脚尖最轻微的动作中。在每一次外放的力中都有内收的回环，整个身体成为圆形的流动，与马勒的音乐契合到完美的地步。

当郑淑姬与罗曼菲两位资深舞者站在舞台上谢幕时，观众可以感觉到一种真正的人体在思想与情感中成熟的美的感动。好的舞者，如同所有好的艺术家，绝不只是专业技巧上的炫耀，而是通过技巧的磨炼，在人的丰富度上千锤百炼才能臻于极境。

云门的资深舞者跑过世界一流的舞台，回到自己的土地上，她们展示美丽的身体。这身体有技巧的锻炼，也有人文的厚度，可以是最大方的身体。这身体有爱有恨，有愤怒有激情，也有反省与包容；可以刚烈，也可以柔情如水。

《我的乡愁，我的歌》也许会是争议比较多的舞作。我们可以从近二十年林怀民编舞的系列中找到一个清楚的主线，那就是云门无论如何引进西方的古典现化，或者不断从古老的中国传统中撷取经验，他始终不能忘怀的永远是找到台湾自己的艺术定位。

从《吴凤》《廖添丁》《薪传》，到《我的乡愁，我的歌》，乃至于这一次首演《明牌与换装》。林怀民和台湾大部分认真思考的艺术工作者一样，台湾始终挥之不去，是他们心中最大的爱，也是心中最大的痛吧。

这个既爱又痛的台湾如何放到艺术中去？画家画出了台湾吗？音乐家写出了台湾的喜悦与哀伤吗？台湾和已经在美术上受到肯定的古典芭蕾、现代舞、京剧身段可以并驾齐驱吗？一连串的疑问一定困扰着许多人。习惯于在台北戏剧院看《天鹅湖》或《睡美人》的观众或许会吃惊于《我的乡愁，我的歌》中看来"鄙俚""俗艳"的歌曲与舞蹈动作吧。

然而，如果林怀民是从思想去开发舞蹈语言的编舞者，他面对的真正课题当然是，而且永远是——台湾。

洪通如果比许多画家更台湾，吕泉生的《摇婴仔歌》如果比许多音乐家的作品更台湾，是不是因为他们的色彩、线条、造型、旋律或节奏中累积了更多生活在台湾这块土地上的人共同的回忆？

我们在台北戏剧院听到了蔡振南的《心事谁人知》，文夏的《黄昏的故乡》，看到了洪通的绘画与牛犁歌，心中漾起的些微的疑虑与不安也许恰恰应该是今天台湾艺术工作者与艺术爱好者最应思考的课题吧。

林怀民似乎并没有意图一定要解开这个谜团，他只是诚实而率直地把走不进台北戏剧院去的台湾一般大众的爱恨与悲喜直接带进了台北戏剧院。

好的思考，好的艺术的思考其实是充满了疑虑与不安的。陀思妥耶夫斯基与波德莱尔在十九世纪末掀翻了欧洲人内在虚假的"大雅之堂"，使人疑虑而且不安；唐代开国将西域十三部胡乐定为"雅乐"，其实也使保守的人们疑虑而且不安的。

《大雅》常常被误会为一种做作拘谨的繁文缛节，其实《大雅》的基础更可能是生命力活泼的展放。

一年演出数百场之多的台北戏剧院在耽溺于完美的西方

或中国古代艺术的精致之美的同时，保留了多少空间给台湾实验的创造性的艺术，使台北戏剧院真正是这块土地上的剧院，而不是纽约林肯中心的分店，也许正是所有关心台湾文化的朋友应当一起疑虑与不安的吧。

以岛内的表演团体来看，其实没有一个团体有过类似云门的"国际经验"。但是云门可以与台湾大多数不矫作、不虚浮的百姓一同呼吸、一同喜悦、一同哀伤，正是因为云门始终落实在台湾基层文化基础上，不迷信"国际"。因为云门引进了玛莎·葛兰姆、保罗·泰勒，引进了尤斯·林蒙，他们比任何人更知道"国际"。云门第一代的舞者陆续自国外苦学回来，在世界各地增长了见识，也因此，才能站在自己的土地上，没有骄矜之气，而更多谦逊与奋发的精神。

《我的乡愁，我的歌》中有许多触痛人心的部分，台湾的奢华，台湾的鄙俗，台湾的粗野。但是，我们似乎又觉得痛中有爱，因为那鄙俗中有朴实天真，那粗野中有昂扬奋发的求生的志气，那假象的奢靡背后掩盖着人的温暖与感伤。

如果《薪传》是台湾清代开发的先民史诗，《我的乡愁，我的歌》正是今日台湾众人的史诗。

三年前《乡愁》首演时结尾落雪的部分是以莫扎特的《安魂曲》结束的。在舞蹈的情感上用庄严而肃穆的《挽歌》结束，使人在激动中有反省、平抚伤痛的作用。但是，《我的乡愁，我的歌》的确似乎有《挽歌》的感觉，台湾的爱与痛到了无可奈何，到了几乎是热泪盈眶看着一群人的无助的骚动。这一次的演出，结尾的部分改成以南胡淡淡地拉出吕泉生的《摇婴仔歌》。一种童年在母亲怀抱中逐渐睡去的安静，有休息，有安慰，有进入梦的世界的甜美幸福，也有一点白日逝去的忧愁，也许情感更为复杂了。

从莫扎特的《安魂曲》到吕泉生的《摇婴仔歌》，从"挽歌"形态到"儿歌"的"安眠曲"，也许林怀民仍愿意在台湾的痛与爱之间找到更多可以安慰与鼓励的力气吧。挽歌过后，祝愿云门有气壮山河的婴啼。

图书在版编目（CIP）数据

无关岁月 / 蒋勋著. -- 南京：江苏凤凰文艺出版社, 2025.5. -- ISBN 978-7-5594-8197-9

Ⅰ．I267

中国国家版本馆CIP数据核字第第2024JW3725号

著作权合同登记号：01-2024-412

本著作物经北京时代墨客文化传媒有限公司代理，由作者蒋勋独家授权，在中国大陆出版、发行中文简体字版本。

无关岁月

蒋勋 著

责任编辑	项雷达
图书策划	刘 平 丁 旭
封面设计	熊 琼
责任印制	杨 丹
出版发行	江苏凤凰文艺出版社
	南京市中央路165号，邮编：210009
网　址	http://www.jswenyi.com
印　刷	北京中科印刷有限公司
开　本	880毫米×1230毫米　1/32
印　张	10
字　数	200千字
版　次	2025年5月第1版
印　次	2025年5月第1次印刷
书　号	ISBN 978-7-5594-8197-9
定　价	68.00元

江苏凤凰文艺版图书凡印刷、装订错误，可向出版社调换，联系电话025-83280257